그날, 신에게 바랐던 것은 Ⅲ

beginning of journey under the bright blue sky

하즈키 아야
일러스트 ✽ 플라이

"에헤헤헤.
그럼 이거,
답례예요."

프롤로그 기나긴 여행의 시작 9

제1화 가출 19

제2화 여름 시간 I 75

제3화 여름 시간 II 123

제4화 HOME SWEET HOME 195

에필로그 채색된 필름 241

프롤로그 그날, 신에게 바랐던 것은 263

디자인: 키무라 디자인 랩

그날, 신에게 바랐던 것은

III

하즈키 아야 지음
플라이 일러스트
송재희 옮김

네 번째 생일날 있었던 일이다.

눈이 시릴 만큼 파란 하늘 아래에서 선물로 받은 것은,

아주 볼품없는 부적과 새로운 가족.

그날부터 그녀는 「타카미네 루리」가 되었다.

프롤로그

기나긴 여행의 시작

루리, 하고 누군가 내 이름을 불렀다.

오랫동안 듣지 못한 목소리였다.

그래서 망가진 스피커에서 나오는 소리 같이, 진짜 목소리와는 조금 다른 소리가 나는 걸지도 모른다.

자그마한 나.

하얀 여름 햇살.

기억을 더듬으면 되돌아가는 광경이 있다.

새 원피스를 입고, 아끼는 인형을 들고 있었다. 짐을 담은 분홍색 캐리어는 내 몸보다 훨씬 크고 빵빵했다.

킁.

냄새를 맡으니 짙은 흙내가 코 점막을 태우고 몸속 깊은 곳으로 열을 전파했다. 그것이 폐에 도달하자 가슴이 뜨거워졌다.

그 열을 어디에 둬야 할지 나는 아직 몰랐다.

바다와 하늘의 경계선을 알 수 없을 만큼 푸른 세계를 일망할 수 있는 곳에는, 나를 제외하면 성인 남자 두 명이 있었다.

한 명은 잘 아는 사람이었고 다른 한 명은 처음 보는 어른이었다.

나를 부른 것은 내 옆에 있던 사람이었고, 그렇기에 아무런 거리낌도 없이 그 사람을 올려다보며 고개를 갸웃할 수 있었다.

"응~?"

"생일 축하해."

그렇게 말하고 네 번째 생일 선물로 준 것은 볼품없는 부적이었다.

딱 봐도 손수 만들었다는 걸 알 수 있었다. 바느질이 조잡했고 묶음새가 허술했다. 뻗친 머리처럼 툭 튀어나온 실밥을 잡아당기면 스르르 풀릴 것 같았다.

이걸 만든 사람은 아무래도 손재주가 없는 듯했다.

하지만 나는 그것을 품에 꼭 안았다.

직감적으로 소중히 여겨야 한다는 걸 알았다.

그런 나를 감싸듯 1초 정도 아플만큼 꽉 끌어안고서, 생일을 축하해 준 그 사람은 몸을 뗐다.

"건강해라."

말의 윤곽만이 기억났다.

그래, 윤곽만.

그래서 그 말이 무슨 색이었고 온도는 어땠는지, 어떤 소리였는지는 하나도 떠올릴 수 없었다.

그 사람이 어떤 표정으로 그런 말을 했는지조차도.

"미안, 타카미네. 너한테만 부탁할 수 있는 일이야."

마지막으로 내 머리를 투박하게 헝클어뜨리고서 일어난 그 사람은 타카미네라고 부른 남성에게 그렇게 말했다.

"쿠가, 정말 괜찮은 거지?"

"그래. 이미 정했어."

"그런가. 알았어. 다만, 이건 너의 책임 회피야. 너는 부모이기를 포기했어. 어떤 이유가 있든 간에 나는 그걸 용서할 수 없어. 아니, 줄곧 친구였기에, 무엇보다 이 아이를, 「루리」를 맡았기에 용서해선 안된다고 생각해. 다시는 루리와 만나지 마."

"너는 정말로 성실하고, 융통성이 없고, 올바르구나. 너는 언제나 올곧았어. 어릴 때부터 한결같아. 하지만 그런 너이기에 나는 이 아이를 네게 맡길 수 있는 거야. 전부 다, 각오하고 있어."

이곳이 전환점.

혹은 기나긴 여행의 시작.

이제부터 내 세계는 저물녘 하늘처럼 순식간에 다른 색으로 바뀌어 버린다. 그 색깔(나의 미래)을 나 대신 두 사람이 정하고 있었다.

당연히 어린 나에게 결정권은 없었다. 애초에 내용도 이해하지 못해서 빨리 끝났으면 좋겠다고 멍하니 생각하고 있었다.

덥고, 아이스크림을 먹고 싶었다. 그리고 샤워도 하고 싶었다. 땀을 흘렸기에 집에 돌아가서 차가운 물을 머리부터 뒤집어쓰고 싶었다. 그리고 젖은 머리를 선풍기 바람에 휘날리는 거다. 우리는 외계인이다, 하고 떨리는 목소리로 말하는 것도 좋을 듯했다. 그러고 있으면 감기 걸린다고 혼나고, 수건으로 머리를 투박하게 닦아 주겠지. 좀 더 부드럽게 닦아 달라고 입술을 삐죽이겠지만, 실은 꽤 기분 좋았다.

어린 나에게 「집」이란 그런 것이었다.

지어진 지 10년은 넘은 낡은 원룸이 세상의 전부였다.

하지만 내가 그 허름한 공동 주택으로 돌아가는 일은 없었다.

"정말로 각오했어. 그러니까, 루리를 부탁할게. 친구."

그 말과 함께 아까 안아 줬을 때와는 180도 다른 상냥한 손길로 내 등을 밀었다. 하지만 어째선지 그게 훨씬 아팠다.

몸이 아니라 마음이 아팠다.

내 발이 앞으로 나갔다.

한 걸음, 두 걸음, 세 걸음.

관성을 따라 「쿠가」로부터 멀어져 「타카미네」 쪽으로 다가갔다.

내 등을 민 「쿠가」가 머리를 숙였다.

「타카미네」는 지그시 그 정수리를 보고 있었다.

"……우리는 이제 친구가 아니야. 친구였을 뿐이지. 그런 약속이었으니까. 건강해라, 쿠가."

아아, 왜일까.

어째서 이 사람은 어른인데도 목소리가 떨리고 있는 걸까.

"너희도 건강하길."

"그럼 갈까, 루리 양. 아니, 루리."

그리하여―.

나를 여기까지 데려온 사람이 아닌, 다른 어른이 내 손을 잡고 걸어갔다. 남자치고는 가늘지만 확실하게 크고 따뜻한 손이었다.

그 손도 역시나 떨리고 있었다.

나는 황급히 고개를 돌려서 홀로 남은 남자를 보았다.

역광을 받고 있었기 때문인지, 기억이 흐릿하기 때문인지는 모르겠지만, 아무리 눈에 힘을 줘도 그 표정은 보이지 않았고, 아무 말도 하지 않았다.

루리, 하고 평소처럼 불러 주지 않았다.

그래서 나도 평소처럼 부를 수 없었다.

목 안쪽에 따끔따끔하고 단단하고 뜨거운 덩어리가 있어서 그것 때문에 목소리를 낼 수 없었다. 사실은 평소처럼 부르고 싶었다.

부르고 싶었는데.

모습이 보이지 않게 될 때까지 그 사람은 줄곧 머리를 숙이고 있었다.

"어디 가?"

잠시 후 겨우 내가 묻자, 한 손에 캐리어를 들고 반대쪽 손으로 내 손을 잡은 남자는 이렇게 대답했다.

"우리 집에."

"우리?"

"그래. 나와 너의 집."

"어째서?"

"앞으로 나랑 너는 같이 생활할 거야."

무슨 말인지 전혀 이해할 수 없었다.

내 가족은 이 사람이 아니었다.

뒤에서 점점 멀어지고 작아져서.

이제는 보이지 않게 된 그 사람만이 내가 유일하게 가족이라고 불러도 되는 사람일 터였다.

왜냐하면 나는 「쿠가 루리」니까.

「타카미네 루리」라는 이름이 아니다.

"저기, 아저씨."

그렇게 부르기는 했지만, 어린 내게는 의문을 곧장 말로 표현할 수 있을 만큼 현실을 받아들일 각오가 없었다.

잠시 생각했다가 다른 말로 시간을 벌었다.

"……아이스크림 먹고 싶어."

"그런가. 역에 도착할 때까지 참으렴."

"샤워하고 싶어."

"그것도 참아."

"집에 가고 싶어."

"이제 갈 거야. 아까 그렇게 말했잖니."

"하나만 더 가르쳐 줘."

마침내 각오가 섰다.

어쩌면 그건 「포기」였던 걸지도 모르지만.

"뭘 가르쳐 줄까? 루리."

"당신은 누구예요?"

아저씨는 억지로 만든 것 같은 웃는 얼굴로 뭐라고 대답했을까.

등 뒤에 펼쳐진 하늘이 매우 넓고 푸르렀던 건 기억나는데.

역시 중요한 것은 떠올릴 수 없다.

✧

그로부터 10년하고 조금 더 지났다.

흘러가며 쌓이는 시간 속에서 나는 아주 조금 어른이 되었다. 그리고 열여섯 번째 생일을 앞두고 가출하기로 했다.

어디선가 바쁘게 우는 매미 소리가 가출의 시작을 알리는 종소리 같았다.

「관측 사상 최고로 더운 날」이 계속 갱신되는 여름 방학.

나는 최초이자 최후의 여행에 나섰다.

하지만 예상치 못한 일이 하나 있었으니.

그 여행에 아주 오지랖 넓은 선배가 따라온 것이다.

그 선배의 이름은 「카자마츠리 토와」였다.

제1화

가출

1

"안녕하세요! 토와 오빠!"

현관문을 열자 평소보다 조금 더 기운찬 목소리가 터져 나왔다.

조금 더 기운차다는 것은 느낌표의 개수를 말했다. 그 어미에 담긴 확실한 힘에 소녀의 에너지라고 할까, 그런 감정이 꽉꽉 담겨 있는 것 같았다.

무심코 눈을 가늘게 뜬 것은 그 목소리가 눈부셨던 탓일까.

아니면 여름의 햇살 탓일까.

아니면 수면 부족으로 눈꺼풀이 무거웠던 탓일까.

손으로 차양을 만들어 그림자로 눈을 덮었다. 눈부심이 조금은 완화된 것 같았다. 그나저나 오늘은 또 한층 더워질 것 같다.

"안녕, 쿠로에. 오늘은 유독 기운이 넘치네. 흐아암."

"쿠로에는 늘 씩씩해요. 하지만 오늘은 특별해요. 토와 오빠는 졸려 보이네요?"

"응? 아아, 조금 늦게 자서."

"그럼 안돼요. 늦게 자는 건 미용과 건강에 나빠요."

"그렇지."

그렇게 말하며 쿠로에의 머리를 쓰다듬었다. 쿠로에도 눈부신 듯 눈을 가늘게 떴다. 그리고 평소처럼 이마에 키스를 해

줬다. 입술을 떼니 쿠로에가 헤헤헤 하고 수줍어했다.

그 모습을 조용히 지켜보던 하쿠노와 눈이 마주쳤다. 가볍게 손을 들어 인사했기에 나도 똑같이 손을 들어 화답했다.

그렇게 간단히 인사를 나누고 셋이서 나란히 걷기 시작했다.

가장 보폭이 좁은 쿠로에에게 맞춰 페이스를 조정했다. 말도 사인도 필요 없었다.

숨 쉬듯 몸에 밴 매일 아침의 풍경이었다.

이 일련의 흐름도 내일부터 한동안 끊기게 된다.

쿠로에가 평소보다 들뜬 것도 그래서였다.

오늘은 종업식.

즉, 1학기의 마지막 날.

우리 학생은 통지표와 산더미 같은 과제를 받는 대신 내일부터 40일에 이르는 긴 휴가에 들어간다.

여름 방학인가.

나도 모르게 속으로 중얼거렸다.

자각이 없을 뿐, 내 발걸음도 조금 가벼워졌을지도 모른다.

평소처럼 초등학교에 가는 쿠로에와 도중에 헤어지고, 대신 에이시와 합류했다.

안녕~ 하고 뒤에서 인사하는 산뜻한 목소리를 듣고 발을 멈춰 친구를 기다렸다.

"안녕, 에이시."

"오. 안녕, 에이시. 흐암."

입을 열자 역시 하품이 딸려 나왔다.

걸어온 에이시가 그대로 어깨를 툭 부딪쳤기에 고개를 끄덕였다. 이대로 가자는 뜻이겠지.

에이시의 걸음에 편승하듯 나와 하쿠노도 다시 등교를 재개했다.

도로 쪽부터 순서대로 에이시, 나, 하쿠노.

"졸린 것 같네."

에이시가 내 얼굴을 살펴보고 물었다.

"응? 아아. 어제 천체 사진을 찍으러 갔었거든. 거의 잠을 못 잤어."

"혼자?"

"아니, 토카 선배랑 둘이서."

"오미 선배인가. 최근 진짜로 사이가 좋네. 딱히 사귀는 건 아니지?"

"약속한 게 있었어."

어딘가 변명처럼 들리는 건 왜일까.

오미 토카.

우리보다 한 학년 위인 선배로, 「오렌지 프린스」라는 별명을 가진 학교의 인기인이다.

그 토카 선배가 이 마을에 있다는 하얀 신에게 받은 「시련」으로 색을 잃었을 때, 나는 선배와 어떤 약속을 했었다.

작은 공원.

흔들리는 빨간색 그네와 파란색 그네.

그 무렵에는 아직 봄의 별자리가 하늘에 펼쳐져 있었다.

『언젠가, 내가 시련을 극복하여 색을 되찾으면. 또 여기서 이렇게 야경을 보자.』

토카 선배의 언니인 히나 씨가 깨어나고, 나는 나대로 동아리에 가입하고, 그 후 코가네이와 관련된 소동도 있어서 좀처럼 이루지 못했던 약속을 어젯밤에 마침내 완수한 것이다.

"그런데 왜 어제야? 여름 방학이 시작되고 나서 해도 됐잖아?"

"아, 그게. 듣자 하니 히나 씨의, 어어, 선배의 언니 되는 분의 퇴원 날짜가 정해져서 그 전에 해치우기로 한 거야. 그리고 3학년은 여름 특강도 있어서 방학이어도 바쁘잖아."

그렇게 말하면서, 어딘가 필사적이었던 토카 선배를 떠올렸다.

『언니가 퇴원하면 분명 따라오겠다고 할 거야. 그러니까 기회는 지금뿐이야.』

그건 그것대로 나쁘지 않을 것 같았기에, 생각을 그대로 말하자 토카 선배는 뾰로통하게 입술을 오므렸다.

뭔가를 비난하듯 커다란 눈이 아주아주 가느다래졌었다.

『토와 군은 정말 아무것도 모르는구나. 그 점이 귀여운 부분이기도 하지만, 동시에 커다란 결점이야. 있지, 이 약속은 나랑 토와 군이랑 둘이서 한 약속이잖아? 그렇지?』

『어, 응.』

『언니가 같이 가면 의미가 없어. 알겠니?』

어라? 뭔가 어린아이에게 설명하는 것 같은 느낌인데? 달래고 어르는 그런 느낌. 천천히 또박또박 말하면서 울림은 자상하고.

이해했냐는 듯 토카 선배가 고개를 갸웃했다.

그걸 보고 솔직하게,

『이해가.』

안 되는데요, 하고 말을 이으려고 하자 토카 선배는 생긋 미소 지은 채 「응?」 하는 느낌으로 고개를 기울였다. 검은 생머리가 사르륵 흘러내렸다.

잘 생각하고 다시 말해 보라는 얼굴이었다.

반사적으로 잠깐 말문이 막혔다.

선배 뒤에서 뭔가 새까만 것이 질척질척하게 똬리를 틀고 있는 것은 기분 탓이 아니리라. 압박감이 장난 아니었다. 식은땀이 줄줄 흐르고 목이 탔다.

그래서.

꼴깍 침을 삼키고.

『—됐습니다.』

하고 말을 이을 수밖에 없었다.

전혀 이해하지 못했지만, 물론 이해했고 말고요, 하고.

『응응. 그럼 둘이서 가자.』

나는 바보처럼 고개를 끄덕거렸다.

약속 시각은 밤 열 시.

아무도 없는 공원에 토카 선배와 함께 발을 들였다.

천체 사진을 찍기 위해 릴리즈를 쥔 내 옆에 몸을 기대듯 앉은 토카 선배는 빛을 하나하나 가리키며 그 색의 이름을 말했다. 줄지은 자동차의 주황색. 불 켜진 빌딩의 노란색과 흰색. 그네의 빨간색과 파란색.

선배의 눈은 이제 확실하게 색을 되찾았다.

그런데도 어린아이처럼 「맞아?」 하고 장난스럽게 고개를 갸웃거렸다.

『맞아.』

그래도 제대로 고개를 끄덕여주자 토카 선배는 「에헤헤헤」 하고 웃었다.

아아. 그나저나 거리가 너무 가깝지 않나?

선배가 어떻게 숨을 쉬는지 알 수 있었다.

체온이 느껴졌다.

그런 대수롭지 않은 동작 하나하나에 심장이 아프도록 놀라서 시끄럽게 굴었다.

『왜 그렇게 의기양양한 거야. 그보다. 토카 선배, 평소보다 많이 들떴다?』

『음~ 그런가. 하지만, 응. 확실히 들떴을지도. 밤은 왠지 두근두근해. 비일상이라고 할까, 공기가 달콤하고, 바람이 살짝 간지러워.』

그리고 나를 돌아본 선배는 하얀 이를 보이며 히히 웃고 나직이 말했다.

혼잣말 같지만 실제로는 나한테 하는 말이라는 걸 분명하게 알 수 있는 음색이었다.

『토와 군도 똑같은 기분이라면 좋을 텐데. 커플 세트같이.』

어떻게 대답하면 좋을지 알 수 없어서 나는 말을 잇지 못했다.

토카 선배는 그런 나를 즐겁게 바라보며 내 손 위에 자기 손을 다정하게 포갰다. 그 약지에 이제 오렌지색 별의 관은 없었다.

나는 가만히 있었다.

손을 뿌리치는 짓은 결코 하지 않았다.

조금 긴장되고, 조금 기분 좋아서.

말로 잘 표현할 수 없는 기분을 주체하지 못하며 둘이서 나란히 별을 바라보았다.

줄곧 보고 있었다.

그런 어젯밤의 달콤하고 신성한 한때를 담은 필름은 지금 주머니 속에 있었다. 조만간 현상할 예정이다.

분명 멋진 사진이 찍혔을 것이다.

소망에 가깝지만, 확신과 비슷한 무언가도 확실히 있었다.

「그랬구나」라는 에이시의 목소리에 의식이 현실로 돌아왔다.

"오미 선배의 언니가 퇴원하는구나. 깨어난 지 이제 두 달 정도 됐나?"

"응. 잘됐어. 정말 잘됐어."

그날 토카 선배가 신에게 바랐던 소원이 마침내 진정한 의미에서 이루어지는 것이다.

그런 이야기를 하다가 교복 무리 속에서 이야기의 주인공을 발견했다. 나처럼 졸린 듯 빨간 입술이 흐아암 하고 하품했다. 하지만 나와 달리 그 모습은 귀여웠다.

"토카 선배, 안녕."

말을 걸자 토카 선배는 무거워 보이는 눈꺼풀을 비비적비비적 문지르며 돌아보았다.

"아, 토와 군. 안녕. 으음, 세 시간 만인가?"

"무진장 졸려 보이네."

"응. 졸려~."

쨍쨍한 햇볕 때문에 졸린 눈이 따끔거려서 우리는 동시에 눈을 찌푸렸다.

"세 시간 전이면 해 뜰 때까지 같이 있었던 거야?"

그렇게 말한 사람은 오늘도 양손에 주먹밥을 들고서 우물우물 씹어 삼키고 있는 하쿠노였다.

자기는 그 시간에 아직 자고 있었다고 말하며 세 번째 주먹밥을 입에 넣었다.

"대화가 활기를 띠어서. 이왕 이렇게 된 거 일출도 찍자는 쪽으로 흘러갔어. 마침 컬러 리버설 필름도 갖고 있었고."

"……리버설 필름?"

생소한 단어인지 하쿠노가 멍청한 얼굴로 따라 말했다. 발음도 어딘가 어색했다.

리버설 필름이란 간단히 말하자면 색이 나타나는 필름이다.

노출 등의 설정이 어려운 상급자용 필름이긴 하지만, 선명한 색깔이 평소 내가 쓰는 네거티브 필름과는 차원이 다르다는 이점도 있었다.

무엇보다 인화지에 현상하지 않아도 필름 자체를 즐길 수 있었다.

최근에는 애니메이션 영화의 관객 특전으로 컬러 필름을 주기도 하는데, 그것과 비슷한 느낌이라고 생각하면 된다.

그렇게 간단히 설명했지만 아무래도 하쿠노는 그다지 관심이 없는 것 같았다.

말의 의미를 곱씹는 기색도 없이 손에 묻은 밥알을 솜씨 좋게 핥아 먹으며 「흐응」 하고 중얼거릴 뿐이었다.

"그래서 몇 시간 정도 같이 있었어?"

"으음, 하나 둘 셋, 일곱 시간 정도?"

"순식간이었지."

"맞아."

"정말 즐거웠어. 또 하고 싶어."

양손을 맞대고서 검지를 입술에 댄 토카 선배는 마치 동의를 구하듯 나를 보며 미소 지었다.

살짝 고개를 숙이고서 시선을 올리고 있었다.

막내인 선배는 조르는 게 능숙했다.

"그러네. 또 할까."

"정말?"

깊이 생각하지 않고 중얼거린 말이었지만 토카 선배가 커다란 눈을 번뜩이며 덥석 물었다.

"방금 또 하자고 했어. 약속했어."

"딱히 상관없긴 한데."

"무조건, 무조건, 무조건이야."

"아니, 너무 진지하잖아."

도중에 하이로 부장과 모모우도 만나서 간단한 인사를 나눴다.

안녕~, 안녕하세요, 그런 식으로.

오늘 동아리 모임이 있으니까 잊어버리지 말라고 잇따라 못을 박아서 쓴웃음을 짓고 말았다. 알고 있다고 말하며 손을 흔들었다.

그럼 종업식 끝나고 보자며 저쪽도 손을 흔들어 줬다.

그렇게 몇 달 전의 나는 상상도 못했을 만큼 떠들썩하게 학교까지 걸어가니 교문 근처에 낯익은 여자애들이 있었다.

다들 시선을 끄는 외모라서 눈에 띄었다.

아이돌 그룹이라고 속여도 통하지 않을까.

제일 키가 크고 제일 안쪽에 있는 아이가 후배인 타카미네 루리.

그 옆에서 나를 대할 때와는 전혀 다른 태도로 누구인가 싶을 만큼 영업용 미소를 뿌려 대고 있는 아이가, 아마도 내가 아는 녀석과 동일 인물이라면 마찬가지로 후배인 미야노 아오이.

그리고 마지막으로.

눈에 띄는 두 사람 옆에서 누구보다도 눈에 띄는 외모 —

달빛이 깃든 듯한 금발과 빨려 들어갈 것 같은 파란 눈 — 로 방긋방긋 웃고 있는 아이는 나의, 아니, 나와 누나의 공통된 친구이자 신진기예 작가인 「소라우미」.

본명, 코가네이 루이.

세 사람 모두 종이 다발을 손에 들고서 교문을 지나는 학생들에게 한 장씩 열심히 나눠 주고 있었다.

그러다 나를 알아차린 코가네이가 이쪽으로 후다닥 달려왔다.

"카자마츠리 토와, 카자마츠리 토와. 안녕!"

"그래, 안녕."

기운찬 강아지처럼 헥헥헥 숨을 몰아쉬며 다가온 코가네이의 하얀 이마에는 구슬땀이 맺혀 있었다.

간지럽다는 듯 코가네이의 손이 그것을 닦았다.

땀이 흘러내리지 않은 목에는 예전에 노란색 별의 관이 있었다.

지금은 이제 없지만.

코가네이가 도달해야 할 곳에 도달했기 때문이다.

그래서 코가네이는 그림자에 덮여 있던 모두의 표정을 이제 제대로 알아볼 수 있었다. 내가 눈썹을 찡그리자 「응?」 하는 느낌으로 고개를 갸웃했다.

"너 뭐해?"

"뭐 하냐니, 신문부 활동 중인데."

"신문부에 들어갔어?"

"말 안 했나?"

"못 들었어."
"어라? 그건 미안. 그럼 정식으로. 자, 받아. 교내 신문에서 신작도 연재하기 시작했어."
코가네이가 내민 신문을 받았다.
세로 54.5cm, 가로 40.6cm의 일반적인 신문지 크기로 잘린 종이의 가장 눈에 띄는 곳에 소라우미라는 이름과 신작의 제목이 인쇄되어 있었다.

「황금빛 아래에서 찾은 것」

「잔잔한 마을에서 노래해」의 소라우미, 최신작! 하고 커다랗게 선전 문구까지 적혀 있었다. 제법 호화로운 특별호였다.
코가네이의 사진과 신작 집필에 관한 인터뷰도 실려 있고.
무심코 웃어 버린 나를 코가네이가 의아한 얼굴로 올려다보았다.
"왜?"
"아니, 좋은 제목이라는 생각이 들어서."
일순 코가네이는 눈을 크게 뜨고 어리둥절해하다가 웃었다.
"그치? 내용도 분명 재미있어질 거야."
"코가네이. 나도 받고 싶어."
그렇게 말한 사람은 내 뒤에 있던 에이시였다.
"좋아."
에이시에게 교내 신문을 건넨 코가네이는 토카 선배와 하쿠노에게도 나눠 줬다.

고맙다는 말을 들을 때마다 코가네이의 보이지 않는 꼬리가 좌우로 기분 좋게 흔들렸다.

코가네이는 강아지 타입이려나.

기쁠 때는 기쁨을 숨기지 못한다.

기사를 얼추 훑어보았다.

잃어버린 고양이를 찾았다는 내용, 동아리 소개, 여름(마지막) 대회를 향한 3학년생의 포부.

그리고 가장 끝자락에.

예전에 교내 신문 발행자란에 찍혀 있었던 「Azure(아주르)」가 「Twilight(트와일라잇)」으로 바뀌었다는 걸 알아차렸다.

“이거.”

그렇게만 말했는데 코가네이에게도 전해진 것 같았다.

“응. 우리 「세 사람」이 올려다본 하늘의 색. 청람색 하늘에서 달이 빛나는 그 시간의 이름을 쓰기로 했어.”

그건 외톨이였던 소녀가 손에 넣은 것이었고.

황금색 풍경을 추구했던 코가네이가 도달한 장소였고.

「한 사람」과 「두 사람」이 「세 사람」이 되었다는 무엇보다 확실한 증거였다.

“잘됐네.”

“카자마츠리 토와에게도 고마운 마음이야. 신문, 읽고 나서 감상 들려줘.”

“물론이지.”

“그럼 나는 두 사람 곁으로 돌아갈게. 종업식 끝나고 봐.”
“종업식 끝나고?”
이 녀석이랑 뭔가 약속했었나?
내가 고개를 갸웃하자.
“사진부 모임이 있잖아? 미야노 아오이가 참석하니까 나랑 타카미네 루리도 따라갈 거야.”
코가네이는 아주 당연하다는 듯 말했다.
「세 사람」은 완전히 절친이 된 모양이다.

2

“그럼.”
하이로 부장이 양손을 마주쳐 동아리방 전체에 짝! 소리를 퍼뜨렸다.
그러자 그때까지 잡담하고 있던 코가네이와 타카미네가 말을 멈췄다.
접이식 의자에 앉아 있던 우리는 다 같이 하이로 부장을 보았다.
그렇게 시선을 모은 하이로 부장은 한 명씩 마주 보고 나서 이번 학기 최후의 동아리 모임을 시작하자며 활짝 웃었다.
“““네~.”””
방과 후.
1학기를 끝낸 우리는 예정대로 사진부 동아리방에 모였다. 좁은 동아리방에 감도는 분위기는 평소보다 느슨하게 느껴졌다.
분명 내일부터 시작되는 여름 방학 때문일 거다.
하이로 부장도 그걸 아는 것 같았다.
하지만 느슨해진 분위기를 바로잡을 생각은 없는지 그 분위기 그대로 태평하게 말했다.
"여름 방학이 시작되자마자 할 말은 아니지만, 10월에 있을 문화제 때 사진전을 열 생각이야. 일단 전시의 중심은 요전번에 인화한 롤이 되겠지만, 각자 여름 방학 중에 최소한 다섯 작품은 완성해 둘 것. 이거 여름 방학 과제니까, 잊어버리지 마."
"사진전이라니, 어디서 하는 건가요?"
미야노가 손을 들고 물었다.
"남쪽 홀을 확보했어. 공간상 스무 장 정도 전시할 수 있으려나."
"그러면 수가 안 맞지 않나요? 부원은 현재, 음. 여섯 명이죠. 각자 다섯 장씩 제출하면 서른 장이 되는데요."
수학이라고 부를 수도 없는 단순한 산수의 답을 미야노가 말하자 하이로 부장은 물론 알고 있다며 고개를 끄덕였다.
"사진전을 앞두고 비평회를 열거야. 8x10 크기로 모두가 볼 수 있도록 인화해줘. 그렇게 모은 서른 장중에서, 뭐, 그보다 많아도 상관없지만, 아무튼 그중에서 스무 장을 엄선할거야. 그편이 더 기합이 들어가잖아? 딱히 부담 가질 필요는 없지만, 이 사진전이 우리 동아리에 그런대로 중대사항이라는 건 유념해 줬으면 해. 이걸 제대로 안하면 내년 동아리 예산 편성에 큰 영향을 줄 테니까, 동아리 활동의 성과로서 평가가 요구돼.”

“그렇군요. 하지만 그러면 한 장도 전시하지 못하는 사람이 나올 수도 있지 않나요?”

“미야노는 착하구나. 하지만 그것도 괜찮아. 조사진(組寫眞)이라고 알아? 테마를 하나 정하고 몇 가지 작품을 모아서 전시하는 방법인데.”

“네, 알아요. 테마가 있기에 사진의 주장이나 이야기성이 단독 사진보다 강해지는 전시 방법이죠?”

“잘 아네. 열심히 공부하고 있구나. 맞아. 사진부 전원이 하나의 조사진을 전시할 생각이야. 그러니까 누구든 최소한 한 작품은 전시하게 돼. 그래서 이번 의제는 그 테마에 관해서. 오늘 중으로 정하고 싶은데, 뭔가 의견 있어?”

저기, 하고 이번에는 토카 선배가 손을 들고 말했다.

“그럼 컬러와 흑백을 같이 전시하게 된다는 거지?”

“맞아. 오미는 흑백?”

“응. 그럴 예정이야.”

“카자마츠리는?”

“나도 흑백이려나. 역시 직접 현상하는 게 즐거우니까. 부장이랑 미야노도 흑백이지?”

“네.”

“그렇지. 그럼 디지털파인 모모우랑 카미시로만 컬러인가. 그렇더라도. 아니, 「그렇기에」라고 해야 하나.”

"응. 테마를 잘 정해야 조사진이 성립될 거야."

두 사람의 이야기는 요컨대 이런 내용이었다.

컬러 사진과 흑백 사진을 나란히 전시하는 건 위험성이 있다는 것.

실제로 두 개가 나란히 있으면 아무래도 컬러 사진이 더 많은 시선을 끌게 된다. 단순히 알기 쉽고 예쁘니까.

그렇기에 테마까지 컬러 사진이 더 부각되는 주제로 설정하면 흑백 사진의 존재감은 완전히 묻히게 되는 것이다.

그렇게 되면 초래되는 결과는 조사진의 붕괴다.

"그러니까 테마는 조금 추상적인 게 좋을 것 같아."

"뭔가 의견 있어?"

턱에 살포시 손을 올리고서 토카 선배가 잠시 고민했다.

"……글쎄. 으음. 「희로애락」 같은 건 어때?"

"「희로애락」인가. 나쁘진 않지만……. 그래, 좀 더 범위를 넓혀서 「감정」으로 하는 게 찍기 쉽지 않을까? 어떻게 생각해?"

"저기, 그건 사람의 표정을 찍자는 건가요?"

미야노가 묻자 하이로 부장은 고개를 가로저었다.

"아니. 그 부분은 좀 더 자유롭게 생각해도 돼. 모처럼 합동으로 조사진을 전시하는 거잖아. 테마 안에서 자유롭게 찍으니까 어느 정도 통일감을 내면서도 딱 알맞게 혼돈이 형성되는 거야. 그게 조사진의 매력 중 하나지. 카자마츠리."

"어? 왜?"

갑자기 지목받아서 조금 놀랐다.

하이로 부장이 똑바로 나를 보고 있었다.

"너라면 이 테마를 받았을 때 어떤 사진을 찍겠어? 잘하는 분야잖아?"

"어떤 사진을 찍겠냐고 물어봐도 말이지. 알기 쉽게 한다면 미야노가 말한 대로 사람의 얼굴이겠지."

"그걸 물어본 게 아니야."

"알고 있어. 으음, 감정인가……."

나는 고개를 들고 벽에 걸려 있는 사진 한 장을 바라보았다.

모두의 눈이 내 시선을 쫓았다.

봄의 끝, 비의 계절에 여기 있는 모두가 함께 인화한 커다란 사진이었다.

노을의 황금빛 아래에 한 소녀가 있었다.

그녀의 실루엣은 까맣게 칠해져서 표정은 판별할 수 없었다.

하지만 웃고 있다는 걸 막연하게 알 수 있었다.

머리카락을 누른 모습이라든가 뒤돌아보는 동작에서 기쁨이 느껴졌다.

요컨대 그런 걸 가르쳐 주라는 거겠지.

"예를 들면, 그래. 예를 들자면."

마른 입술을 혀로 적시고 이어서 말했다.

"시합이 끝난 축구장이나 농구 코트에서 고개 숙이고 있는 사람을 찍으면 그 사진에서 분명 「분한 마음」이 전해질 거야. 다정하게 맞잡은 손을 찍으면 「애틋함」이 묻어날 테고, 신난 발걸음 주변에는 「즐거움」이 굴러다녀. 뭐라고 말하면 좋을까.

으음, 공기라고 할까 분위기라고 할까. 감정은 분명 그런 걸로도 표현할 수 있다고 나는 생각해."

"응. 고마워. 이해했어? 미야노."

"네. 공부가 됐어요."

미야노가 고개를 끄덕거리자 하이로 부장도 만족스러워했다.

"그런고로 감정을 표현하는 방법은 사람마다 달라. 렌즈 너머에 있는 감정을 어떻게 하면 사진을 보는 사람에게 전할 수 있을지 각자 생각하며 찍어 봤으면 해. 그럼 테마는 이걸로 결정하고 싶은데, 어때?"

"나는 좋아."

토카 선배가 고개를 끄덕였다.

"나도."

"네. 저도 좋아요."

나와 미야노도 고개를 끄덕였다.

"우물우물, 우물."

"카미시로 양, 케이크를 삼키고 나서 말해도 돼요."

"우물. 꿀꺽. 응. 잘 모르겠지만, 다들 좋다면야."

"물론 저도 좋아요."

마지막으로 하쿠노와 모모우의 동의를 얻으면서 반대 의견 없음.

만장일치로 원안이 가결되었다.

그 후.

착착 진행된 회의가 끝나도 아무도 돌아가지 않아서 아무것도 아닌 시간이 계속 이어졌다.

활짝 열린 창문으로 바람이 들어와 커튼이 떠오르자 동아리방이 아주 조금 파랗게 물들었다. 하지만 그건 찰나였고, 부풀어 오른 커튼은 금세 다가왔다가 멀어지는 파도처럼 펄럭거렸다.

한가운데 설치된 테이블에서는 토카 선배가 어제 찍은 필름을 현상하기 위해 다크백에 손을 집어넣고 있었다.

으으, 어려워, 하고 끙끙거리는 선배의 목소리가 바람에 휩쓸려 창밖으로 달아났다.

하이로 부장이 연습용 릴과 필름으로 몇 번이나 시범을 보여 줬지만 아무래도 잘 안되는 모양이었다.

의외로 서툰 부분이 있다는 건 알고 있었다.

결코 도중에 포기하지 않는다는 것도.

그러니까, 뭐, 결국에는 해낼 것이다.

그걸 알기에 괜한 참견은 하지 않고, 나는 회의가 끝난 뒤 대접받은 — 어째선지 하쿠노는 회의 중에 이미 먹고 있었지만 — 모모우 특제 시폰 케이크를 맛있게 먹으며 「Twilight」 세 사람을 멍하니 바라보고 있었다.

미야노와 타카미네가 코가네이의 명주실 같은 금색 머리카락을 즐겁게 만지작거리고 있었다. 코가네이는 싫은 기색 없이 얌전했다.

땋고, 묶고.

트윈테일, 당고머리, 땋은 머리.

호오, 솜씨가 좋네. 머리를 세 가닥으로 나눠서 땋는 건 되게 어려워 보이는데 빠르게 착착 완성했다.

개인적으로는 트윈테일이 가장 잘 어울리는 것 같았다.

금발 벽안에 트윈테일은 정의다.

미야노가 상냥한 손길로 머리를 빗자 기분 좋은 듯 코가네이의 눈이 가늘어졌다.

그때, 하쿠노가 빈틈을 노리고서 내 접시 위로 포크를 놀렸다.

순간적으로 피하고 소리쳤다.

"하쿠노!"

"아깝다. 거의 다 됐었는데."

하지만 낙심하지도 않고 포기하지도 않고, 하쿠노는 계속 손을 뻗었다.

토카 선배와는 다른 의미로 이 녀석도 포기할 줄을 몰랐다.

"다른 사람 것까지 먹으려고 하지 마."

"어? 하지만 토와의 음식은 내 거고, 내 음식은 내 거잖아?"

"새삼 무슨 당연한 소리냐는 것처럼 어리둥절한 표정을 지어도 나는 그런 상식 인정하지 않아."

"치, 토와는 쪼잔해."

"내가 쪼잔한 게 아니라 네가 너무 식탐을 부리는 거야. 애초에 네 몫은 어쨌어? 나보다 세 배는 더 크게 잘라 줬잖아."

"다 먹었어!"

"그러니까, 그런 당연한 말을 꼭 해야겠냐는 것처럼 소리치지 말라고."

"미안해요. 설마 카미시로 양이 이렇게 좋아할 줄은 몰랐어요. 더 많이 구워 올 걸 그랬네요."

모모우가 시무룩하게 어깨를 떨궜다.

"괜찮아, 사과하지 마. 그렇게까지 이 녀석의 투정을 받아주지 않아도 돼."

"맞아. 모모우는 잘못 없어. 쪼잔한 토와가 나쁜 거야."

"아아, 진짜. 짜증 나."

모처럼 먹는 거 천천히 맛보고 싶었지만 이렇게 된 이상 어쩔 수 없다.

나는 남은 케이크를 전부 입에 넣었다. 한입에 먹기에는 조금 컸지만, 억지로 밀어 넣었다. 그리고 볼을 빵빵하게 부풀린 채 천천히 씹어서 충분히 맛을 즐겼다.

아아, 맛있다. 무진장 맛있다.

동시에 「아, 아아~!」 하고 옆에서 비명이 터졌다.

마치 세상이 끝난 듯한 절망이 하쿠노의 목소리를 물들이고 있었다.

"전부 먹어버렸어어어. 토와 바보오오오오오."

조금 전의 모모우보다 열 배는 더 깊이 어깨를 떨군 소꿉친구는 알기 쉽게 토라졌다.

입술을 삐죽 내밀고, 책상에 말랑말랑한 뺨을 대고, 커다란 눈에 눈물을 그렁그렁 담았다. 그것뿐이었다면 그래도 귀여웠겠지만, 분홍색 입술로 초등학생 남자애처럼 「토와 바보 멍청이」 하고 유치하게 욕하는 모습은 보고 있자니 살짝 머리가 아팠다.

"저기, 카미시로 양. 또 구워 올게요."

모모우가 수습하듯 말하자 하쿠노는 코를 훌쩍였다.

"정말?"

"네. 약속할게요. 그러니까 기분 푸세요. 네?"

"……응."

하지만 그 목소리는 여전히 조금 침울했고.

원망스럽다는 눈으로 여전히 나를 보고 있어서.

있을 리 없는 죄책감이 들었지만 어떻게든 무시했다.

"그나저나 모모우. 물어보고 싶은 게 하나 있는데."

"네? 뭔가요?"

"이거, 스위츠 클럽 4월호에서 특집으로 다룬 녀석을 응용한 거지? 어떻게 이렇게 푹신푹신하게 만들었어? 나도 몇 번 도전했지만 이렇게까지 잘 굽진 못했어."

스위츠 클럽이란 「초꼬미 스위츠 클럽」이라는 월간지로, 수제 과자를 다룬다. 나도 정기 구독 중이었고, 여기서 나온 내용을 어레인지해서 가끔 과자를 만들었다.

물론 이 시폰 케이크도 만들어 봤다.

잡지에 실린 것보다 잘 구웠다고 자신하기도 했다.

하지만 우물 안 개구리가 바다 넓은 줄 모른다고, 뛰는 놈 위에 나는 놈이 있었다.

모모우 특제 시폰 케이크는 내가 만든 것보다 혀에 감기는 맛이나 씹는 맛이나 훨씬 부드러워서, 한마디로 말하자면 맛있었다.

"아, 그 잡지 아세요? 알기 쉽게 설명해줘서 좋죠. 이건 확실히 제 나름대로 어레인지한 건데—."

모모우는 가슴 부근에서 작게 손뼉을 쳤다.

그리고서 아무것도 없는 공간을 가만히 바라보며 잠시 생각한 후, 일부러 가방에서 노트까지 꺼내 끄트머리를 찢고 정성스레 메모해줬다.

그런 모모우에게 고맙다고 인사하자 별거 아니라며 손사래를 쳤다.

덧붙여 우리가 이런 대화를 나누는 동안에도 하쿠노의 원망 어린 시선은 내 뺨을 찌르고 있었다.

슬슬 견디기 힘들었다.

"……알았어, 알았어. 알았다고요. 만드는 법 배웠으니까 다음에 만들어 줄게. 맛보는 역할을 맡겨서 잔뜩 먹게 해줄게. 그럼 됐지?"

"반드시?"

"그래, 반드시. 누나한테 맹세해도 좋아."

"음. 그렇게까지 말한다면. 좋아, 용서할게."

어째서 내가 용서받는 입장인 걸까.

그나저나 이렇게 약속하는 걸 보면 나도 소꿉친구에게 상당히 무르단 말이지.

모모우의 케이크와 내 태도 중에서 어느 쪽이 더 말랑할까.
의외로 좋은 승부가 될지도 모른다.

결국 동아리방을 나선 것은 오후 다섯 시를 지나고 나서였다.
해가 기울어 낮에는 예리했던 햇살이 바람 속에서 다소 누그러진 상태였다.
정문까지 가는 짧은 거리를 다 같이 걸었다.
"오미는 여름 특강 무슨 반이야?"
"A반이야. 하이로는?"
"역시 머리 좋구나. 나는 B반. 중견 국공립을 노리고 있어."
조용히 걷고 있으니 귀 따가운 대화가 슬쩍 들려왔다.
우리 학교는 수험생을 대상으로 여름 방학 첫 주와 마지막 주에 지옥의 여름 특강을 실시한다. 성적에 따라 A반부터 D반까지 반이 나뉘는 것도 특징 중 하나였다.
가장 성적이 좋은 학생이 모이는 반이 A, 나쁜 쪽이 D.
토카 선배는 A반이니 명문대 지망이리라.
"서로 힘내자. 이번 여름이 승부처야."
"그래. 그렇지, 적어도 후배 여러분은 좋은 여름 방학을 보내길."
그렇게 한 손을 든 하이로 부장과 「그럼 다음에 봬요」 하고 고개를 숙인 모모우가 우리와는 다른 방향으로 귀가하는 것을 지켜보고서 우리도 발길을 돌렸다.

우리라 함은 즉, 나와 토카 선배와 하쿠노.

그리고 「Twilight」 세 사람이었다.

동쪽으로 뻗은 그림자를 쫓아가듯이 우리는 앞으로 앞으로 걸어갔다. 하지만 좀처럼 추월할 수 없었다. 아무리 열심히 걸어도 똑같았다.

옆에서 걷던 토카 선배가 갑자기 속도를 조금 늦췄다.

뭐 하는 건가 싶어서 보니 나와 선배의 그림자 높이를 맞추고 있는 것 같았다. 그런 게 재미있을까 생각했는데, 답은 그 얼굴에 쓰여 있었다. 아무래도 즐거운 듯했다. 토카 선배는 싱글벙글 웃고 있었다. 참 별나다니까.

참 별나.

그 모습을 조용히 보고 있으니 앞쪽에서 「아」 하는 소리가 나서 고개를 들었다.

"해바라기, 벌써 피었네."

앞으로 달려간 사람은 의외로 타카미네였다. 코가네이가 새끼 오리처럼 그 뒤를 쪼르르 쫓아갔다.

줄기를 건드리고 커다란 꽃에 얼굴을 슬쩍 가까이 댄 타카미네에게 코가네이가 물었다.

"타카미네 루리는 해바라기를 좋아해?"

"응. 아주 좋아해. 해바라기는 내 탄생화이기도 하니까."

"그렇다는 건, 여름에 태어났어?"

"8월 2일생이랍니다."

타카미네는 쫙 펼친 오른손에 세 손가락을 세운 왼손을 붙여 「8」을 나타낸 후, 물 흐르듯 V자를 만들었다. 그걸 가위처럼 싹둑싹둑 움직였다.

8과 2로 8월 2일.

"얼마 안 남았잖아."

코가네이가 비난조로 말하자 타카미네는 어리둥절해하며 고개를 갸웃했다.

"그렇긴 한데, 왜 그래? 무슨 문제라도 있어?"

"그게 말이지, 그게, 그러니까."

"응?"

"추, 축하 준비라든가."

"어? 해주려고?"

"하, 할거야. 하고 싶어."

목이 떨어지지 않을까 걱정될 만큼 코가네이는 열심히 고개를 끄덕거렸다.

"미, 미야노 아오이도 축하할거지?"

"물론이지."

조금 떨어진 곳에 있던 미야노도 고개를 끄덕이며 두 사람 사이에 슬쩍 끼었다.

그게 무척 기뻤는지 코가네이는 한 손으로 타카미네의 손을, 반대쪽 손으로 미야노의 손을 잡고 몸을 흔들었다. 정말로 어린아이처럼 기뻐했다.

사이좋은 모습은 아름답구나.

그렇게 말한 사람은 무샤노코지 사네아츠였던가.

"선물을 준비하고, 파티도 열고 싶어! 나 그런 걸 동경했었어."
"아하하하. 그런가. 고마워. 기뻐. 아, 하지만 가능하면 낮에 했으면 좋겠어. 밤에는 이미 예정이 있어서."
타카미네는 정말로 정말로 기쁜 듯이 웃었다.
그래서 미야노도 웃었고, 코가네이도 기뻐했다. 나는 손가락으로 사각 프레임을 만들어서 그 달콤하고 행복한 광경을 틀 안에 담았다.
찰칵, 작게 읊조렸다.
저무는 오늘 속에서 검은 실루엣 세 개가 장난치며 놀고 있었다. 옛날 사람들은 그 모습을 「떠들썩하다」라고 표현했다.
정말 절묘한 표현이다.
뭐, 딱히 시끄럽거나 불쾌하진 않지만.
"뭔가 눈부시네."
토카 선배가 바람에 나부끼는 머리를 손으로 누르며 말했다.
나는 맞대고 있던 손끝을 떼고 주머니에 넣었다.
"여름이니까. 빛이 강해."
"맞아. 여름 방학이지. 토와 군의 방학 예정은?"
"아직 전~혀 정해진 게 없어."
"그런가. 그럼 일단 하나 예약해도 될까?"
"예약?"
"응."
토카 선배 쪽으로 고개를 돌렸지만 선배는 아직 「Twilight」 세 사람을 보고 있어서 옆모습밖에 안 보였다.

새삼 찬찬히 살펴보니, 뭐, 예쁜 사람이었다.
긴 속눈썹 하나하나에 오렌지색이 어려 있었다. 세상과 토카 선배를 가르는 경계를 금빛이 덧그리고 있었다.
분홍색 입술, 오뚝한 코, 긴 생머리. 선배를 형성하는 것들에서 어째선지 눈을 뗄 수 없었다.
마침내 토카 선배가 나를 보았다.
시선이 딱 마주쳤다.
아프도록 세게 심장이 뛰었다.
하지만 선배가 평소처럼 헤헤 웃자 그 아픔은 심장 고동에 녹아들었다.
마치 처음부터 아픔 따위 없었던 것처럼.
혹은 원래 형태로 돌아간 것처럼.
"언니의 퇴원을 같이 축하해주지 않을래?"
"내가 같이 축하해도 돼?"
"……응. 네가 아니면 의미가 없어. 이렇게 언니가 퇴원할 수 있는 것도 토와 군 덕분이니까."
"그건 아니야."
단언했다.
그래.
그건 틀렸다.
"토카 선배가 포기하지 않았기 때문이지. 나는 그걸 조금 도와줬을 뿐이야."
"그런가. 조금인가."

쑥스러운지 토카 선배는 자신의 그림자를 바라보았다. 내 그림자와 높이를 맞춘 그림자였다. 뭔가를 발로 차듯 한쪽 다리를 앞뒤로 흔들었다.

내가 한 말의 감촉을, 자신이 한 말의 감촉을 확인하는 것 같은 움직임이었다.

강조하듯 나는 반복해서 말했다.

"그래. 아주 조금."

"너답네."

"어?"

"아니. 아무것도 아니야. 하지만. 그래도 말이지. 고마워하는 이 마음은 진짜야. 토와 군의 그 조금이 내게는 큰 용기가 됐어. 나 혼자서는 분명 이와 같은 「지금」에 도달하지 못했을 거야."

토카 선배가 무엇을 전하고자 하는지 대충 이해했다. 확실하게 말로 표현하기는 어렵지만, 민망하지만. 그래도.

아아, 그렇다면.

선배가 그렇게 말한다면, 나도 조금만 그 영예를 받아들이자.

"언제라고 했지?"

"응?"

"히나 씨가 퇴원하는 날. 이왕 축하하는 거, 꽃다발이라도 들고 갈게."

"응, 응! 언니도 분명 좋아할 거야."

"그래서 언제라고?"

"어어, 7월 31일 오후 세 시."

"알겠어."

바람이 불었다.

조금 선선한 바람이었다.

숨 쉬기 편해지며 여름의 열기가 몸에 스르르 녹아드는 것을 알 수 있었다.

"카~자~ 선~배~!"

그 타이밍을 기다렸던 것처럼 타카미네가 씩씩하게 내 이름을 불렀다.

"왜~?"

"선배도 제 생일을 축하해주세요~ 다 같이~ 또~ 그 커다란 딸기 파르페를 먹고 싶어요~."

"너 말이다~ 선뜻 말하는데—."

"네~? 왜요~?"

무의식적으로 멈춰 있었던 탓에 후배들과 조금 거리가 벌어져 있었다. 그래도 일부러 큰 소리로 말할 필요는 없었다.

가까이 가면 그만이었다.

하지만 왠지 그렇게 이야기하는 게 재미있어서 나는 그대로 대화를 이어 나갔다.

타카미네에게 전해지도록 더더욱 크게 외쳤다.

"그거~ 꽤 비싸~!"

무지갯빛이 깃든 목소리가 주황색 공기를 진동시키고 퍼져 나갔다.

멀리, 멀리, 저 산 너머까지 전해졌으면 좋겠다.

이 손안에 있는 행복이, 무심코 웃고 싶어지는 간지러움이 전해졌으면 좋겠다.

우리가 손에 넣은 행복을 많은 사람에게 보여 주고 싶은 기분이었다.

"아하하하~ 알고 있어요~."

"그러니까~ 내가 특별히 케이크를 만들어 줄게~."

"어? 토와가 직접 만든 케이크? 그럼 나도 갈래!"

그 순간 하쿠노가 폴짝폴짝 뛰며 존재를 어필했다.

"야, 메인은 그게 아니야."

"아하하하. 뭐든 좋아요. 다 같이 축하해주세요."

"봐, 본인도 저렇게 말하잖아."

"그렇다고 왜 네가 의기양양한 표정을 짓는 거야."

공백이었던 여름 방학의 예정이 채워져 나간다.

즐겁고 기쁜 일들뿐이다.

모두가 웃고 있었다.

어느새 나도 웃고 있었다.

뭔가 좋네. 정말 좋다.

그렇게 생각할 수 있는 것은 토카 선배나 코가네이와 함께 많은 시련을 극복했기 때문이었다. 누나의 마음을 알고, 응어리를 풀고, 후회 위에 새로운 감정을 덧칠했다.

이윽고 카미시로 신사가 북쪽 높은 곳에 보이기 시작했다.

봄의 분홍색에서 여름의 파란색으로 바뀐, 어떤 소원이든 이루어 주는 신이 깃들어 있다는 신기한 꽃 「미라크티어」의

빛이 그곳에 있었다.

내 진짜 소원은 이루어 주지 않았지만.

누나의 병실에서 뛰쳐나온 비 오던 날이 생각났다. 그때 품었던 아픔과 소원, 주룩주룩 내리던 비가 빼어 가던 체온을 떠올렸고—.

거기서 추억을 중단했다.

그만두자.

이제 어떻게도 할 수 없는 일이다.

무엇보다 나는 이렇게 다시 웃게 되었다.

그거면 충분하지 않나.

누나는 기뻐해줄까.

이렇게 동료들에게 둘러싸여 평범한 학생처럼 여름 방학의 예정을 채워 나가는 나를 어디선가 지켜봐 주고 있을까.

하지만 나는 아직 몰랐다.

히나 씨의 퇴원을 축하하러 가는 것도, 타카미네의 생일에 케이크를 구워 주는 것도, 이때 한 황금빛 약속이 무엇 하나 이루어지지 않을 것을.

—나는 아직 전혀 몰랐다.

3

여름 방학이 되자 나는 할아버지 댁에 눌러살게 되었다.

1학기 후반에 찍어 둔 필름을 한꺼번에 현상하기 위해서다.

동아리방에서 할 수도 있지만, 누군가가 예약할 가능성이 있고, 최악에는 수다만 떨며 작업이 전혀 진척되지 않는 사태가 벌어질 수도 있었다.

그리고, 뭐, 가끔 할아버지에게 얼굴을 보여 주는 정도의 효도는 해도 좋을 것이다.

딸랑.

풍경 소리가 울렸다.

그럴 리가 없는데도 풍경 소리를 들으면 기온이 2도쯤 내려가는 것처럼 느껴지는 건 왜일까.

다크백에 손을 넣고 릴에 필름을 감는 내 옆에 있는 할아버지는 어딘가 즐거운 기색이었다.

그 손에는 언젠가의 여름 축제 때 내가 받아 온 낡은 부채가 있었다. 구멍이 뚫렸고, 드문드문 갈색 얼룩이 생겨나 있었다.

버리라고, 새 부채를 받아 오겠다고 몇 번이나 말했지만 버리지 않고 계속 가지고 있었다.

이건 토와가 처음으로 선물해 준 거라서 안 된다는 말을 들으면 낯간지러워져서 그 이상은 아무 말도 할 수 없었다.

바람이 불자 하얗게 센 할아버지의 머리가 하늘하늘 흔들렸다.

"좋은 사진은 있을 것 같으냐?"

"그것만큼은 알 수 없지."

"으하하하. 그럼 질문 방식을 바꿀까. 토와."

"응?"

"올봄은 즐거웠어?"

할아버지가 의기양양하게 씩 웃었다.

정말이지 비겁한 질문이다.

그렇게 물어보면 내 대답은 하나뿐이다.

토카 선배와 만났을 때부터 시작된 이야기.

아직 지나간 계절은 봄뿐이지만, 즉, 석 달간의 일이지만, 작년 내내 정체되어 있었던 공기가 단숨에 흐르기 시작한 것 같은 노도와 같은 나날이었다.

괴로운 일이 있어서 낙담하고, 받아들일 수 없어서 화내고.

힘든 일도 많았다.

하지만 분명하게 기쁨이 있어서 나는 아주 조금 앞을 보고 걷게 되었다.

손에 있는 필름이 한층 무겁고 사랑스럽게 느껴졌다.

여기 있는 것은 그 석 달의 조각이었다.

그러니 정성껏 천천히 감아 나가자.

"응, 즐거웠어."

"그런가. 그거 다행이구나."

할아버지가 부치는 바람이 간혹 내 뺨에 닿았다.

파스 냄새와 다다미 냄새가 났다. 그리고 모기향도 섞여 있으려나. 결코 좋은 냄새는 아니지만, 뭔가 그리운 느낌이 들고 마음이 차분해졌다. 친숙하다고 할까.

다 감은 필름을 넣은 현상 탱크가 수북이 쌓였을 무렵이었다.

"토와."

"응~?"

"아이스크림 먹을래?"

"먹을래."

"그래."

할아버지가 손으로 무릎을 탁 치고서 천천히 일어났다.

고작 그 움직임에 내가 태어나기 훨씬 전에 지어진 오래된 집의 바닥은 삐걱거리며 비명을 질렀다.

할아버지는 내 앞을 가로질러 부엌에 갔다.

낮게 위이이잉 소리를 내는 냉장고의 제일 위쪽 칸을 열자 하얀 냉기가 흘러나왔고, 알뜰팩으로 파는 막대 아이스크림 상자가 나왔다.

슈퍼에서 세일할 때 6개입 한 상자 298엔.

맛은 세 종류.

얼마 전에 내가 사 온 녀석이기에 잘 알았다.

"소다맛, 딸기맛, 오렌지맛 중에 뭐 먹을래?"

"오렌지."

"나는, 흠. 소다맛으로 할까. 받아라."

할아버지가 아이스크림 하나를 던졌다.

꽁꽁 언 아이스크림을 손으로 받았다.

그걸 본 할아버지가 「나이스 캐치」 하고 웃었다.

"이왕 먹는 거 툇마루에서 먹을까."

"그래, 좋아."

고개를 끄덕이고 일어났다.

그리고 할아버지의 조금 굽은 등을 천천히 따라갔다.

할아버지가 제안한 대로 툇마루에 나란히 앉아 아이스크림을 먹었다.

낡은 집의 작은 마당에는 나팔꽃이 피어 있었다.

나랑 누나가 아직 초등학생이었을 무렵, 여름 방학 숙제로 여기서 나팔꽃을 키웠을 때의 흔적이었다. 여름철에는 부지런하게 물을 줘야 했고, 그게 생각보다 귀찮았다. 여기서 키우면 할아버지가 알아서 물을 주지 않을까 하는 잔꾀가 있었다는 것은 부정하지 않겠다.

어린아이는 바보지만, 그런 꾀는 잘 부린다.

어느새 그게 일과가 되어서 할아버지가 원예를 시작하게 되는 것은 또 다른 이야기다.

아이스크림을 할짝할짝 핥다 보니 표면이 서서히 녹기 시작하며 차가움과 달콤함이 입안에 은은히 퍼졌다.

달아올랐던 몸이 차가움을 만나 식는 것을 알 수 있었다.

할아버지가 불쑥 말했다.

"토와. 이제 됐지 않았냐?"

"뭐가?"

"너와 네 아빠 말이다. 벌써 1년이 지났어. 여전히 말도 제대로 안 하지?"

"그렇지는."

않다, 는 생각은 말이 되지 못하고 입속에서 아이스크림과 함께 녹아 버렸다.

내가 이렇게 할아버지 집에 죽치고 있는 이유는 현상을 할 수 있다는 것 외에 하나 더 있었다. 아빠와 마주칠 일이 없기 때문이었다.

지금도 여전히 나와 아빠 사이에는 눈에 보이지 않는 확실한 균열이 있었다.

예전에 아빠가 누나와 모의하여 나 몰래 내 사진을 멋대로 표지 공모에 냈으니까.

그리고 주범인 누나가 사라져버렸으니까.

어디로 휘두르면 좋을지 알 수 없게 된 주먹을, 분노의 화살을 나는 제일 만만한 사람에게 돌려서 내 마음을 지키고 있었다.

"그 녀석도 날 닮아서 서툰 구석이 있으니 말이지. 변명이라도 하거나 아빠답게 야단이라도 치면 될 텐데 그것도 못하고 지금까지 와버린 거야. 이해해줬으면 하는데, 그 녀석은 딱히 너한테 심술을 부리려고 이로하의 부탁을 들어준 건 아니야."

"……할아버지는 아빠 편을 드는 거야?"

"그런 게 아니야. 하지만, 너한테 그 녀석은 아빠여도 나한테는 몇 살이 되든 그저 어린애거든. 조금은 부모다운 일도 해주고 싶어. 부모의 특권 같은 거라고 생각하면 돼."

"특권?"

"그래. 특권. 다른 녀석에게는 양보할 수 없어. 뭐, 너는 아직 이해 못하겠지만 말이다."

할아버지는 녹아내리려는 아이스크림을 솜씨 좋게 입에 넣었다.

"……딱히 이제 화가 나지는 않아. 오히려 잘 알고 있어. 그저 내가 어린애처럼 삐진 거지. 하지만 타이밍이라는 게 있잖아?"

엉킨 실을 푸는 건 시기를 놓치면 점점 어려워진다. 그렇다고 해서 딱 잘라 버리고 끝낼 수 있는 종류도 아니었다.

그렇기에 나는 도망치고, 도망치고, 계속 도망쳐서 마주하지도 않고 지금까지 와버린 걸지도 모르지만.

누나가 있었던 그때에서 한참 먼 「지금」까지.

하지만.

"그게 지금 아니냐?"

"어?"

할아버지의 말에 고개를 갸웃했다.

"저번에 데려왔던 아가씨 덕분인지, 다른 뭔가가 또 있었는지는 모르겠지만 너는 변했어. 얼굴이 조금 남자다워졌어. 그러니 지금 아닐까? 지금이라면 할 수 있지 않을까? 슬슬 그만 도망치려무나. 그래 봬도 가족에 대한 애정이 남들보다 배는 더 큰 남자야. 꽤 견디기 힘들 거다."

문득 아빠의 얼굴을 떠올려보려고 했다.

하지만 떠올릴 수 없었다.

나는 그렇게나 오랫동안 아빠의 얼굴을 제대로 보지 않은 거다.

아니, 조금 다른가.

보려고 하지 않은 거다.

뭐, 하고 꺼낸 말은 갈라져 있었다. 큼, 큼큼, 하고 소리를 내서 목을 가다듬었다. 뭐. 그 후 겨우 본론으로 연결했다.

"할아버지가 그렇게 말한다면야."

다소 시간이 걸리긴 했지만 나는 내 의지로 그렇게 말했다.

그래, 이제 딱히 아빠에게 화낼 이유는 없었다. 누나의 마음을 알았다. 「잔잔한 마을에서 노래해」를 받고, 읽었다.

나는 그 일을 떨쳐 냈을 터다.

그렇다면, 분명, 할아버지가 말한 대로 「지금」이겠지.

"그러냐."

할아버지는 자상하게 내 머리를 두드렸다.

"그럼 부탁하마."

그리고 놀랍게도 손자인 내게 머리를 숙였다. 둥글게 말린 작은 등이 매우 커 보인 것은 왜일까.

할아버지는 1분동안 그러고 있었다.

4

그렇게 결심해봤지만, 오랜 갈등을 해소하는 게 그리 쉽지도 않았다.

애초에 어떤 얼굴로 아빠를 불렀는지조차 기억나지 않았다.

아빠의 옆모습도.

아빠의 목소리도.

머리에 얹어졌던 손의 크기도, 온기도, 무게도.

아아, 전혀 떠올릴 수 없었다.

단추를 잘못 끼우고 작은 오기를 부리면서 정말로 멀리까지 흘러와 버렸다.

할아버지는 그걸 만회하려면 「지금」이 적기라고 했다.

그리고 나는 솔직하지 않은 말투였으나 알겠다고 대답했다.

그랬는데 이렇게나 한심하게 망설이고 있었다.

미안하다는 한마디가 나오지 않았다.

그로부터 이틀.

기막힌 일이지만 여전히 아빠와의 사이는 현상 유지인 채였다.

애초에 어떤 얼굴로 말해야 하는 거야. 어떻게 말을 꺼내야 하냐고. 아아, 짜증나. 이런 일조차 제대로 못 하는 내가, 정말 짜증나.

그런고로—.

「아빠가 있는 집」에 있기가 더더욱 힘들어진 나는 밤중에 슬그머니 집을 빠져나와 마을을 걷고 있었다.

요컨대 또 도망친 거다.

하늘에서는 여름의 대삼각형이 빛나고 있었다.

달은 약간 통통했다. 만월이 되기까지 조금 시간이 필요할 것 같았다.

저 달이 다 찼을 때, 나와 아빠의 관계도 회복되어 있었으면 좋겠다.

조금 걸어가니 편의점의 노란 불빛이 내 발치에 닿았다. 닳아서 삐뚤어진 신발에 닿아 이상하게 빛났다.

문득 여기서 일하는 후배의 얼굴이 떠올라 밖에서 가게 안을 살펴보았지만, 40대쯤 되어 보이는 아저씨 두 명이 담담히 선반을 정리하고 있을 뿐, 아는 얼굴은 찾을 수 없었다.

당연한가.

고등학생이 돌아다녀도 되는 시간은 진즉에 지났다.

결국 편의점에 들어가지 않고 정처 없는 산책을 재개했다.

그렇게 한참 걸었을 때였다.

“어라? 타카미네?”

잘 아는 후배의 모습을 발견했다. 커다란 캐리어를 끌며 성큼성큼 길을 걷고 있었다. 그 옆모습이 평소의 타카미네와 달라서.

불러도 됐던 걸까, 하고 나답지 않게 당황했다.

그도 그럴 것이.

타카미네는, 뭐랄까, 몹시 상처받은 것 같았다.

하지만 내 목소리를 들은 타카미네는 곧장 그 감정을 자신 안에 집어넣었다.

참 훌륭한 기술이었다.

타카미네를 잘 모르는 녀석이었다면 완전히 속아 넘어갔을 것이다. 그러나 타카미네에게는 안타까운 일이지만 눈앞에 있는 나는 그런대로 오래 알고 지낸 상대였다.

“카자 선배잖아요. 이렇게 밤늦게 어쩐 일이에요?”

"……너야말로 어떻게 된 거야? 여고생이 돌아다녀도 되는 시간은 아니야."

"아하하, 그거 남녀 차별이에요."

타카미네가 생긋 웃었다.

하지만 캐리어 손잡이를 놓지는 않았다. 마치 거기에 모든 감정을 담은 것처럼 단단히 꽉 쥐고 있었다.

눈치채고 나니 당연히 시선으로 좇게 되었다.

"어딘가 가려고?"

"네?"

"그 가방."

"아, 아아. 으음, 모처럼 여름 방학이니까 여행이라도 갈까 해서, 역에."

"이미 막차 시간은 지났잖아. 지금이 몇 시인데. 오히려 첫차 시간이 더 가까울 정도야."

"아니, 그건, 그게. 그러니까."

역시 평소의 타카미네와는 어딘가가 달랐다.

평소 같았으면 이 정도 말은 간단히 넘겼을 텐데.

마치 그림자를 잃어버린 사람 같았다. 어떤 책에 그런 내용이 있었다. 그 사람은 어느 날 갑자기 그림자를 잃어버렸다. 그것 말고는 아무것도 바뀐 게 없었다. 말하는 방식도, 성격도, 걷는 법도. 하지만 어딘가가 달랐다. 뭔가가 달라져버린 것이다. 지금 눈앞에 있는 타카미네도 그림자를 잃어버린 사람처럼 평소와 달랐고, 당황하고 있었다.

결국, 별이 가득한 하늘에도, 길가에도, 편의점의 불빛에도, 우리의 발밑에서 뻗은 그림자 속에도, 타카미네가 찾는 애매한 답 같은 건 없어서.

타카미네는 난처한 듯 그저 웃을 수밖에 없었다.

평소보다 건조한 웃음소리만이 고요한 밤거리에 공허하게 울렸다.

그러니까 이건 어쩔 수 없는 일이었다.

타카미네가 말하지 못한다면 내가 대신 말해 줄 수밖에 없었다.

설령 타카미네가 바라지 않더라도.

모르는 척할 수는 없었다.

이 외로운 밤중에, 나는 타카미네를 발견하고 말았으니까.

"가출이야?"

밤에 혼자 커다란 짐을 가지고서. 어딘가 비통한 표정으로. 주변 따위 보지 못하고 걸어갔다.

진부한 연상 게임이었다.

부정하고 싶다면 하면 된다. 딱히 근거나 증거가 있는 것도 아니었다. 그저 추측에 불과했다. 하지만 타카미네는 답하지 않았다. 부정하지 않았다.

그거야말로 확실한 대답이 되었다.

정말로, 평소의 타카미네와는 전혀 달랐다.

있잖아, 하고 한 번 더 말을 걸려고 했을 때.

"뭐라고 하든 저는 그만두지 않을 거예요."

내 태도를 보고 오해했는지 타카미네가 먼저 말했다.

안 그만둬요, 절대 안 그만둘 거예요. 마치 자기 자신에게 말하는 것처럼 들리기도 했다.

손잡이를 잡은 힘이 한층 세졌다.

대조적으로 나는 긴장했던 어깨에서 힘을 뺐다. 당연했다. 나는 이 녀석과 말다툼을 벌일 생각이 전혀 없었으니까.

뒤통수를 긁적이고 말했다.

"딱히 그만두라고 하지는 않았잖아. 하지만, 그래. 잠깐만 기다려 주지 않을래? 첫차 운행까지 아직 시간은 있잖아?"

"네? 어어, 뭐, 네. 저기."

"응?"

"안 말려요?"

"뭐라고 하든 그만두지 않을 거라고 한 사람은 너잖아. 그러니까, 나도 따라갈게."

"……하, 하아아아아아아?"

드물게도 타카미네는 진짜 싫다는 것처럼 얼굴을 찡그렸다.

하지만 어째선지.

타카미네의 본연(평상시)의 얼굴이 마침내 보인 것 같은 기분이었다.

"알았어? 짐 챙겨서 금방 돌아올 테니까 얌전히 기다리고 있어, 불량소녀."

그렇게 말하고 서둘러 집으로 달려갔다.

어쩌면 내 행동은 잘못됐을지도 모른다. 가출 같은 거 그만두라고, 현명한 어른은 그렇게 타이를지도 모른다.

하지만 나는 멍청한 애송이였다.

타카미네의 사정이고 뭐고 아무것도 모르면서 그런 말을 할 수 있는 인간은 아니었다. 무엇보다 타카미네의 마음을 돌릴 적절한 말도 가지고 있지 않았다.

그러니까 적어도 같이 있어 주고 싶었다.

단지 그뿐이었다.

그리고 타카미네만을 위한 일은 아니었다.

나도 지금 어딘가로 가고 싶은 기분이었다. 조금만 더 시간이 필요했다. 아빠와의 일을 매듭짓기 위해, 조금만 더.

아주 조금만.

✧

"알았어? 짐 챙겨서 금방 돌아올 테니까 얌전히 기다리고 있어, 불량소녀."

그렇게 말한 카자 선배는 내 대답도 듣지 않고 집 쪽으로 빠르게 달려갔다. 나 혼자 우두커니 남겨졌다.

선배는 자신이 한 말의 의미를 알고 있는 걸까. 뭘 하려고 하는지 알고 있는 걸까.

그렇게 생각하면서도 어째선지 얌전히 기다리고 있다는 걸 깨달았다.

그치만, 하고 입술을 삐죽이며 변명했다.

저 모습을 보건대 여기서 안 기다려도 아마 멋대로 역까지 쫓아올 테니까. 강제로 집에 돌려보내려고 하거나 누군가에게 말하기라도 하면 귀찮고.

그리고, 그리고, 루이 말로는 카자 선배도 「그 일」을 안다고 했으니까. 아아, 정말!

딱히 누군가에게 변명할 필요도 없지만.

왠지 내가 아닌 것 같았다.

감정을 제대로 제어할 수 없었다.

카자 선배의 언동에 휘둘리는 건 내가 아니라 아오의 역할인데. 나는 적당히 놀리고, 어이없어하고, 그걸로 끝인데.

생각이 너무 많아서 머리가 터질 것 같았기에 우선순위가 낮은 것부터 잘라내기로 했다.

즉, 카자 선배가 따라오겠다면 멋대로 하게 놔두면 된다고 생각했다.

그리고 어쩌면 이건 나에게 필요한 일일지도 모른다. 신의 안배일지도.

생각에 잠겨 옆을 보았다.

그곳에는 여자아이가 한 명 있지만, 카자 선배가 반응하지 않을 것은 알고 있었다.

이 아이는 아마 세상에서 나만 볼 수 있을 것이다.

지금의 나보다도 조금 어린 「열세 살」의 타카미네 루리였다.

빨리 가자며 재촉하는 아이에게 웃어 주고서 조금 기다리라는 뜻으로 고개를 가로저었다. 우리의 선배가 오는 걸 여기서 기다리자.

캐리어 손잡이를 세게 쥐고 있던 손을 슬쩍 펼쳤다.

얼마 전에 루이에게 들은 「신기한 이야기」와 지금 내게 일어나고 있는 신기한 일을 합쳐서 말로 표현해 보았다.

믿어도 될지 조금 미묘했지만, 내게 실제로 닥쳤으니 뭐라고 할 수 없었다.

하얀 신과도 만나 버렸고.

"색의 열혼인가."

힘을 너무 줘서 빨개진 손바닥 한가운데에.

남색 별의 관이 주문처럼 깃들어 있었다.

도로 앞에 있는 패밀리 레스토랑에서 빈둥빈둥 시간을 때우며 역이 열기를 기다렸다가 개찰구를 지났다. 이미 아침이라 승강장의 공기는 신선하고 상쾌했다.

숨을 쉴 때마다 오래된 세포가 떨어져 나가는 느낌이었다.

해가 떠오르고 아침이 왔다.

밝아 오는 날이 연보라색 하늘을 점점 옅어지게 했다.

대신 금색이 퍼지고 새하얀 빛이 날개처럼 활짝 펼쳐졌다.

계속 보고 있으니 터지는 것 같은 빛이 눈동자 한가운데에 따끔따끔하게 남았다.

승강장에서 첫차를 기다리는 사람은 우리 둘뿐이었다.
나는 아무 말도 하지 않았다.
타카미네도 입을 다문 채였다.
주머니가 갑자기 떨렸다.

—우우우우웅.

꺼내 보니 하쿠노의 이름이 표시되어 있었다.
다시금 시간을 확인했다. 오전 다섯 시를 지난 참이었다.
여름 방학에 돌입한 뒤로 아침 알람은 껐지만, 대신 소꿉친구로부터 모닝콜을 받게 되었다.
쿠로에의 라디오 체조를 함께하고 있는 모양인 하쿠노는 무슨 의무감 때문인지 나까지 참석시키려고 했다. 첫날은 무시하고 다시 잤는데, 그런 나를 데리러 일부러 집까지 찾아올 만큼 철저했다.
아침 공기를 폐에 가득 보냈다가 전부 뱉어 낸 후, 표시된 녹색 통화 마크를 검지로 터치했다.
"안녕, 토와. 아침이야. 일어나."
"애초에 안 자고 있었어."
"어라? 그래? 또 천체 사진?"
"아니, 그건 아닌데."
내가 어물어물 답을 얼버무렸지만 하쿠노는 「흐응」 하고 말할 뿐이었다. 늘 그렇듯 별로 관심은 없는 것 같았다.

"뭐, 좋아. 아무튼 오늘도 올 거지?"

"……."

"쿠로에도 기다리고 있어."

"……."

가만히 있으니 회선 너머에서 희미하게 쿠로에의 목소리도 들렸다. 토와 오빠, 오늘은 못 오나요? 조금 섭섭해 하는 목소리였다.

"오는 거야, 마는 거야?"

전화니까 아무런 의미도 없음을 알고 있지만 나는 고개를 흔들었다.

"미안. 앞으로 한동안 못 갈 것 같아."

"왜?"

"할 일이 생겼어. 잠깐 여행을 다녀올 거야. 쿠로에한테도 미안하다고 전해줘. 그럼 이만."

"어? 아. 잠깐만 기다려. 토와. 여행이라니 그게 대체 무슨―."

이번에는 화면의 빨간 버튼을 터치. 나와 하쿠노를 연결하던 보이지 않는 전파의 실이 뚝 끊어졌다. 동시에 하쿠노의 목소리도 뚝 끊어졌다.

스마트폰을 주머니에 넣으려고 하니 마침내 타카미네가 입을 열었다.

"……정말로 따라오려고요?"

"그래. 그렇게 말했잖아."

"그런가요."

이 시간대의 바람은 아직 시원했다. 숨 쉬기 편해서 좋았다. 바람이 앞머리를 건드리자 동시에 마음도 자극받은 것처럼 두근거리며 뛰었다.

정말로 이상한 느낌이었다.

지금부터 가출할 건데.

조금 설레는 기분이 들다니.

하늘이, 공기가, 파랬다.

오늘도 더울 거라는 예감이 들었다.

여행을 떠날 거면 이런 날이 제일이다.

안 그래?

이윽고 승강장에 최초로 미끄러져 들어온 전철에 타카미네와 함께 둘이서 올라탔다. 서로의 짐을 한 손에 들고, 어째선지 서로에게 가까운 손을 맞잡고서.

"자, 가자."

"네."

그리고 전철이 달리기 시작했다.

우리는 청춘 드라마의 주인공처럼 첫차를 타고 마을을 떠났다. 잘 아는 마을 풍경이 창밖에서 점점 작아지다가 보이지 않게 되었다.

"다녀오겠습니다."

그렇게 가슴속에 떠오른 열을 내뱉은 사람은 나였을까, 타카미네였을까.

어쩌면 둘 다였을지도 모른다.

잘 갔다 오라는 대답은 당연히 없었지만, 이제부터 진정한 의미에서 가출이 시작된다는 것을 나도 타카미네도 잘 알고 있었다.

"다녀오겠습니다."

한 번만 더, 말해봤다.

제2화

여름 시간 I

1

"왜지."

나직이 흘린 목소리가 주위의 소란에 지워졌다.

그래서 의문은 누구의 귀에도 전해지지 않았다. 뭐, 혼잣말 같은 거니까 상관없지만.

여행 동료는 나를 혼자 두고서 길게 이어진 줄에 서있었다. 손으로 부채질하여 바람을 만들고 있는 것 같았다. 더워~ 하는 느낌으로 찡그린 얼굴이 나를 알아차리고 멋쩍은 웃음으로 바뀌었다. 그 앞에는 이제 여섯 명. 아니, 방금 다섯 명이 됐다.

어디로 가는지는 듣지 못했었다.

물론 표를 살 때 역 이름은 들었지만, 그건 우리가 사는 마을에서 멀리 떨어진, 현을 서너 개 건너간 곳에 있는 처음 듣는 지역이었다.

애초에 이건 가출이다.

골인 지점 같은 게 있을까 보냐.

다만 한 가지는 말할 수 있었다.

우리가 온 이곳은 일반적으로 가출하고 올만한 장소가 아니라는 것. 요컨대 가출과 어울리지 않는 장소였다.

커다란 문 옆에는 여우를 본뜬 이족 보행 마스코트 캐릭터의 패널이 있었다. 어디선가 본 적은 있는 것 같지만 이름은 모른다. 하물며 프로필은 말할 필요도 없다.

안에 들어가지도 않았는데 벌써부터 많은 웃음소리와 유쾌한 음악이 여기저기서 흘러넘쳤다. 아이들의 발걸음이 발랄하게 이어지며 분위기를 더욱 고조시켰다.

나는 다채롭게 늘어선 기둥 중 하나에 등을 기대고 눈앞에 펼쳐진 그 모습을 멍하니 바라보았다.

잘못 볼 리가 없었다.

놀이공원이었다.

“혼자서 뭐라고 중얼거리고 있는 거예요? 조금 소름끼쳐요.”

자기한테 맡기라며 입장권을 사러 갔던 타카미네가 마침내 돌아왔다. 걸을 때마다 뒤로 묶은 머리가 좌우로 흔들렸다.

아까까지 손에 들고 있었던 캐리어는 지금 역의 코인 라커 안에 있었다. 수중에 있는 것은 귀중품이 든 숄더백뿐이었다.

“왜 여기야?”

이번에는 제대로 물어봤더니 네모난 종이를 건넸다.

입장권 겸 놀이 기구 1일 자유 이용권이었다.

목에 걸 수 있는 전용 티켓 홀더에 넣어 두면 편리하단다. 겸사겸사 사 왔다며 그것도 같이 건넸다. 여기에 마스코트 캐릭터의 귀를 본뜬 머리띠까지 쓰면 여름 방학 데이트를 만끽하는 커플로만 보일 것이다.

“왜 놀이공원이야?”

다시 한번 물었다.

“……오고 싶었거든요. 아니, 와야 할 것 같았어요. 이쪽이라고 계속 손을 잡아당기고 있으니까."

"누가?"

타카미네가 문을 지나며 전방의 공간을 가리켰다. 그곳에는 아무도 없었다. 하지만 거기에 누군가가 있는 것처럼 타카미네는 미소 짓고 있었다.

"열세 살의 제가."

"무슨 말이야?"

질문했지만 타카미네는 대답하지 않았다.

"카자 선배는 놀이공원에 어떤 추억이 있나요?"

"나? 추억이랄게, 어라? 실은 처음일지도 몰라. 그러네, 응. 처음이야. 슈쿠세이시 주변에는 놀이공원이 없으니까."

"저는 예전에 왔었어요. 중학교 1학년 때요."

"누구랑?"

"누구일까요?"

역시 내 질문의 답은 아니었다.

"괜찮아?"

타카미네의 눈을 들여다보았다.

깜짝 놀랄 만큼 색소가 짙은 눈동자 속에서 뭔가가 진득하게 소용돌이치고 있는 것처럼 보였다. 그것은 보는 이를 빨아들여서 집어삼킬 듯한 인력을 품고 있었다.

곤혹, 은 아니고.

안타까움, 과도 조금 다르다.

아마 가장 가까운 것은 「외로움」이리라.

"아하하하. 저와 그 사람의 관계를 뭐라고 부르면 좋을지. 알 수 없어서, 알고 싶어서. 혹은 확인하고 싶어서. 그래서 지금 우리는 여기 있는 거겠죠."

자신의 마음인데 왜 그렇게 아리송하게 말하는 걸까. 그 사람이란 누구일까. 타카미네 루리의 마음은 지금 어디에 있는 걸까.

묻고 싶은 것은 많았지만, 어떤 대답도 돌아오지 않을 것을 알고 있었다.

"네 말은 이해가 안 돼."

"아하하하. 그렇겠죠."

한숨을 푹 쉬고서 타카미네가 대화를 매듭지었다.

그리고 주위를 천천히 둘러보았다.

나도 똑같이 둘러보았다.

빙글빙글 복잡한 레일을 달리는 열차.

끝에 일곱 빛깔 유리를 끼운 높은 탑.

시곗바늘처럼 느리지만 확실하게 돌아가는 관람차.

파도풀에서는 어린아이들이 까르르거리며 밀려드는 파도에 잡아먹혔다가 수면으로 얼굴을 내미는 걸 반복하고 있었다.

마지막으로 시선이 다다른 곳은 본래 맨 처음 눈길을 사로잡을 터인 이 놀이공원 최대의 상징이라고 할 수 있는 우주선 모형이었다.

멍하니 올려다보고 있으니 타카미네가 셔츠 자락을 잡아당겼다.

"자, 모처럼 왔으니까 즐겨요. 카자 선배는 뭐부터 타고 싶어요?"

맨 처음 탄 것은 제트 코스터였다. 비기너, 베이직, 마스터라는 세 가지 난이도 중에서 베이직을 골랐다.

비기너는 딱 봐도 어린애들이 타는 거였고, 마스터는 경사가 엄청났으며 무엇보다 빙글빙글 돌거나 갑자기 역주행해서 본능이 거부했다.

길게 이어진 줄의 끄트머리에 타카미네와 함께 섰다.

간판에는 대기 시간 60분이라고 적혀 있었다. 그런데 아무도 불평하지 않고 서있는 걸 보면 놀이공원은 그런 장소인 거겠지.

"카자 선배는 절규계도 괜찮은 사람이에요?"

"괜찮은지 안 괜찮은지 모르는 사람이야."

타 본 적이 없으니까.

"아하하. 그렇군요. 그거 알아요? 제트 코스터는 레일이 부러지거나, 코스터가 공중분해 되거나, 속도가 붙어서 레일 밖으로 날아가거나 한대요."

타카미네는 요염하게 킥킥 웃었다.

"실·제·로·말·이·죠."

"그런 대형 사건이 터졌으면 영업 정지를 당했겠지."

그렇게 냉정함을 가장하며 대답했지만, 머릿속에서 그 모습이 생생히 떠올라 등골이 오싹해졌다.

사실이든 아니든 상상해버린 시점에 내 패배였다.

레일은 부러지고, 코스터는 속도를 이기지 못해 공중으로 날아가고, 분해된 부품과 함께 우리는 자유 낙하. 그다음엔……자숙했다. 아아, 큰일이다. 뭔가 되게 무서워졌다.

상상하고 얼굴을 실룩거리는 내 옆에서 타카미네는 여유롭게 말했다.

"아하하하. 그랬으면 좋겠네요."

만족스러워 보이기도 했다.

줄 서서 순서를 기다리는 동안 줄곧 그런 이야기를 한 탓에.

드디어 자리에 앉아 직원 누나가 상냥하게 안전바를 내려줬을 때는 공포심이 최고조에 달했다.

머리의 땀샘이 활짝 열려 식은땀이 폭포수처럼 흐르고 등에 맺혔다.

"타, 타카미네."

아아, 목소리까지 완전히 얼어붙었다.

"네?"

"이거 지금 내릴 수 있을까?"

"못 내려요."

말끝에 하트 마크가 붙어 있지 않을까 싶을 만큼 상큼하게 기각했다.

"깨끗하게 포기하세요."

이윽고 코스터가 천천히 움직이기 시작했다.

가까워지는 하늘이 점점 시야를 가득 채웠고.

공포에 진 나는 눈을 질끈 감았다.

"야, 아직이야? 아직 멀었어?"

"아하하하. 아직이에요."

마치 사형 선고를 기다리는 죄수가 된 것 같았다.

그런 경험은 한 적 없지만.

"아직?"

"아직이에요."

"아직?"

"1초도 안 지났어요."

"아직도?"

"아직 아니라니까요. 좀 더 기다려 주세요."

"구체적으로 몇 초 더 기다리면 되는데."

"으음~ 5초 정도일까요. 하나, 둘, 셋, 하고."

거짓말이었다.

"고~!"

덜컹거리는 충격이 느껴지더니 코스터가 단숨에 지면을 향해 돌진하기 시작했다. 으아악 소리가 났다. 꺄악~ 하는 귀여운 비명이 아니었다.

당연했다.

소리 지른 사람은 타카미네가 아니라, 나였으니까.

안전바를 힘껏 움켜쥐고 목이 터져라 소리를 질렀다.

"타카미네에에에에에. 너어어어어어어. 5초라며어어어어어—!"

"아하하하."

땅에 닿을락 말락 하는 곳까지 떨어진 코스터가 가속도를 붙여 재차 날아오르고 빙글 돌았다. 이제 뭐가 뭔지 알 수 없었다.

내가 지금 어떤 자세인지도 알 수 없었다.

"으아아아아아아아아! 떨어진다아아아아아아아!"

"아하하하하."

코스터는 그 뒤로도 완급을 조절하며 내가 방심한 틈을 노리듯 급정지와 초가속을 반복하고, 빙글빙글 돌고, 떨어지지 않을까 불안해지는 코너링을 선보였다. 지옥이었다. 내가 대체 무슨 잘못을 했다고 이러는 거야.

한 시간이나 땡볕 아래에서 더위를 견디며 기다리고 있던 게 이런 거라니.

너무한 처사였다.

영원 같기도 하고 찰나 같기도 한 고문의 시간이 마침내 끝난 뒤에도 다리에 힘이 안 들어가서 자력으로 코스터에서 내리지도 못했다.

타카미네에게 부축받아 어떻게든 땅에 발을 디뎠을 때는 감동해서 울 뻔했다. 평형 감각이 망가졌는지 휘청거리는 한심한 발걸음이 되어버렸다.

"이야~ 오랜만에 제트 코스터를 만끽했어요."

나와는 대조적으로 타카미네가 아주 멋지게 웃으며 말했다.

"무리. 진짜 무리야. 싫어. 이딴 거 이제 평생 안 타."

"아하하하. 말은 그렇게 하지만 카자 선배도 즐거워하는 것 같던데요."

"말도 안 되는 소리 하지 마. 즐거워한 게 아니라 공포에 떨고 있었어."

"으음~ 그랬던가?"

"그랬어."

"하지만 제 눈에는 역시 즐거워 보이는데요?"

보세요, 하고 타카미네가 출구에 설치된 모니터를 가리켰다.

화면이 열두 개로 나뉘어 있고 왼쪽 위부터 순서대로 번호가 매겨져 있었다. 얼핏 보니 전부 똑같은 영상인가 싶었지만 아무래도 아닌 듯했다.

그중 여덟 번째 영상에.

안전바를 힘껏 움켜잡고, 눈을 까뒤집고, 넋이 나간 채로 머리를 맥없이 흔들고 있는 소년과 평소와 다름없는 얼굴로 웃으며 양손을 들고 만세하고 있는 소녀가 찍혀 있었다.

잘 아는 얼굴이었다.

남자 쪽은 아예 매일 거울을 통해 마주 보는 얼굴이었다.

저런 표정은 처음 봤지만.

"저건 뭐야."

"원한다면 살 수 있어요, 기념사진. 한 장당 800엔에."

타카미네는 고개를 기울이고 시선만 들어 밑에서 내 표정을 살폈다.

"어쩔래요?"

"진짜 필요 없어."

"흐응. 그런가요. 그럼 제 것만 사올게요."

"사려고?"

"물론이죠. 카자 선배와의 「처음」을 찍은 사진이니까요."

"그런 식으로 말하지 마."

"하지만 맞는 말이잖아요. 저랑 카자 선배의 투 샷은 정말로 「처음」이에요."

"그렇더라도 그렇게 말하지 마."

"아하하하. 네~."

"야, 타카미네."

"왜 부르세요?"

"정말로 살 거야?"

웬만하면 안 샀으면 좋겠는데.

그 마음을 넘치도록 담은 질문이었지만.

"물론이죠."

내 말을 요리조리 피하듯 타카미네는 경쾌하게 달려갔다.

그 후—.

거울 미로에 들어가 거울에 세게 부딪친 나를 보고 배려하기는커녕 폭소하는 타카미네에게 설교하고.

화풀이로 탄 커피컵의 핸들을 힘껏 돌렸지만 그 고속 회전에 내 속이 울렁거리게 되고.

쇄도하는 외계인을 장난감 총으로 해치우는 등.

논스톱으로 타카미네에게 휘둘렸다.

하지만 그런 타카미네도 지금은 벤치에 축 늘어져 있었다.

새벽부터 익숙지 않은 장거리 이동을 하고, 도착한 뒤에는 몇 시간이나 내내 놀았다. 나도 조금 힘들 정도이니 나보다 체력이 약한 타카미네라면 더더욱 그럴 것이다.

게다가 나보다 더 신나게 놀았고 말이지.

"손수건 적셔 올 테니까 기다려. 그리고 마실 것도 사올게. 뭐 마실래?"

"선배가 사는 거예요?"

"이런 데까지 와서 음료수값 내라는 쪼잔한 말은 안 해."

"그럼 사양하지 않고 얻어먹을게요~ 콜라요."

"살찐다."

쪼잔한 말은 안 했지만 얄미운 말은 쪼잔하게 말해뒀다.

"이렇게나 움직였으니 칼로리는 소비됐을 거예요."

타카미네는 그렇게 말하며 주먹을 세게 움켜쥐었지만, 단단히 균혔을 터인 결심은 금세 꺾였다.

"하지만 제로 칼로리가 있으면 그걸로 사다 주세요."

"알겠어. 그리고 거기 있으면 덥잖아. 저쪽에 그늘진 데로 옮겨."

"선배는 정말로……."

"왜, 왜 또?"

또 어이없어하거나 놀리려나 싶어서 몸을 긴장시켰지만.

"아뇨. 두루두루 생각이 미친다 싶어서요. 알겠어요. 타카미네 루리, 저쪽에서 쉬겠습니다!"

타카미네가 척 경례했기에 그 걱정은 기우로 끝났다.

타카미네는 천천히 일어나 그늘진 벤치 쪽으로 느릿느릿 걸어갔다.

그 뒷모습을 바라보던 나도 내 역할을 다하기 위해 화장실을 찾아 달렸다.

차갑게 적신 손수건과 타카미네가 희망한 제로 칼로리 콜라. 그리고 내가 마실 우롱차를 들고 벤치로 돌아갔다.

타카미네는 히죽히죽 웃으며 사진 한 장을 보고 있었다.

분명 제트 코스터를 탔을 때의 사진일 거다.

이름을 부르자 내 쪽을 바라본 타카미네는 눈이 부신 듯 눈을 찡그렸다.

가방 속에 사진을 넣는 손길은 매우 조심스러웠다.

조금이라도 휘지 않도록 주의하고 있다는 것을 알 수 있었다.

타카미네가 슬쩍 몸을 움직여 한 명 더 앉을 만한 공간을 만들어 줬기에 옆에 앉았다.

"자, 목에 손수건 대고 있어. 조금은 편해질 거야. 이건 콜라."

"제로 칼로리 있었어요?"

"괜한 걱정하지 말고 마셔도 돼."

"그런가요. 안심했어요."

고맙습니다, 하고 콜라가 든 컵을 받은 타카미네는 절반 정도를 단숨에 마셨다. 어지간히 목이 말랐었던 모양이다.

나도 목을 축이기 위해 빨대를 물었다.

쪼로록—.

메마른 목에, 몸에, 수분이 퍼져 나갔다.

"후우."

겨우 한숨 돌렸다.

바람이 불자 얼굴에 내려앉은 나무 그늘이 흔들렸다.

위에서 드리우는 그림자와 빛 때문에 장소에 따라 나뭇잎 색이 달라 보였다. 잎맥이 뚜렷이 보일 만큼 투명한 것도 있는가 하면, 그림자로 까맣게 덮인 것도 있었다.

흔들릴 때마다 빛의 위치가 바뀌었다.

당연히 그림자의 위치도.

그것들은 마치 떨어질 수 없는 쌍둥이처럼 손을 맞잡고 바람 속에서 가볍게 춤추고 있었다.

"그러고 보니."

"네?"

"코가네이한테 신문부에 들어오라고 한 사람은 너지?"

"뜬금없이 무슨 얘기예요?"

"아니, 갑자기 생각나서."

타카미네가 내 뺨에 가만히 초점을 맞췄다.

"정확한 경위를 설명하자면 조금 다르지만요. 처음에는 아오가 더 많은 사람이 루이의 소설을 읽었으면 좋겠다는 말을 꺼냈어요."

어느새 타카미네가 코가네이를 부르는 호칭이 「코가네이」에서 「루이」가 됐다는 걸 알아차렸다.

그건 그녀들의 거리가 가까워졌다는 증명이기도 했다.

"왜 갑자기 또."

"루이는 소설로는 그렇게나 자신을 잘 표현하는데 실제로 대화하면 헛돌거든요. 그래서 소설을 읽으면 모두가 루이를 더 잘 알 수 있지 않을까, 한 거죠."

아직 전부 다 끝난 건 아니에요, 하고 타카미네가 말했다.

"물론 이야기처럼 「행복하게 살았습니다」 하고 순조롭게 풀리지 않는 게 현실이니까요. 루이, 여자 보스랑은 사이도 안 좋고, 교실에 있는 걸 조금 불편해할 때가 있어요."

"그래서 교내 신문인가."

"이미 정체는 들통났으니 그걸 철저히 이용해줄까 싶어서요. 뭐, 지켜봐 주세요. 준비하는 데 시간이 걸려서 1학기 끝자락이 되어버렸지만, 문화제 즈음에는 입장이 역전되어 있을 거예요. 시골 사람의 특성인지 줏대 없는 사람도 많고."

"너, 무진장 못된 얼굴을 하고 있어. 하지만 그런가. 그 녀석, 노력하고 있구나."

"네."

이윽고 컵에서 들리는 소리가 변했다. 남은 건 약간의 수분과 듬뿍 담아 준 얼음뿐일 것이다.

타카미네가 뚜껑을 열고 안을 확인했다.

콜라는 이제 안 남아 있었다.

"여러 가지로 노력하고 있어요. 루이 자신과 카자 선배를 위해."

"나를 위해?"

"그래 봬도 꽤 신경 쓰고 있거든요. 루이도 그렇고 아오도 그렇고. 카자 선배가 「텐구 군」이라고 불리는 건 「잔잔한 마을에서 노래해」 때문이지 않을까 해서요. 「소라우미」나 「잔잔한 마을에서 노래해」를 보는 모두의 시선이 바뀐다면 카자 선배도 그런 말을 안 듣게 되지 않을까 하고요."

"그 녀석들이 그런 말을 했어?"

"아하하하. 말할 리가 없잖아요. 특히나 아오는. 하지만 알 수 있어요. 왜냐하면 우리는 절친이니까요. 「Twilight」이니까요."

갑자기 뜨거운 뭔가가 북받쳤다.

이건 그거네. 응. 바람직하지 않은 거다. 후배 앞에서, 그것도 여자 앞에서 보이면 안 되는 종류다. 왜냐하면 나는 남자니까. 자존심이라는 게 있다.

남은 우롱차를 단숨에 들이켰다.

하지만 소용없었다.

흘러넘치는 것을 조금도 막을 수 없었다.

대신 이를 악물었다.

위를 보았다.

빛이 스며들어서 조금 따가웠다.

"어때요? 선배. 깜짝 놀랄 만큼 기특하고 귀여운 후배들이죠?"
"자기 입으로 말하지 마."
"걱정하지 않아도 저는 안 들어가 있어요."
"왜 안 들어가? 넣어 둬. 셋이서 「Twilight」이잖아."
둔하다는 말을 듣는 나도 그 정도는 알았다.
분명 이 녀석도 그 두 사람만큼이나 나를 걱정하고 있다는 것을. 노력해주고 있다는 것을.
하지만 타카미네는 「아하하하」 하고 웃을 뿐이었다.
그래서 나도 「으하하하」 하고 억지로 웃었다.
한바탕 웃고 나서 작게 중얼거렸다.
"정말로, 바보 같고, 바보 같고, 진짜 바보 같은 후배들이라고 생각해."
내 말은, 마음은, 전해졌을까.
아니, 전해지지 않는 편이 좋으려나.
그런 건 굉장히 민망하니까.
그래서 굳이 확인하지는 않았다.
그나저나.
바보 같은 아이일수록 어여쁘다는 말이 있는데.
과연, 절묘한 속담이다.

짧은 휴식을 취한 우리는 다시 도전적으로 이런저런 놀이기구를 탔다.
다른 절규 머신에도 도전했다.
또 울상이 되어 비틀거렸다.
그곳에 산이 있다면 오르는 것이 챌린저잖아요, 라는 실로 알기 쉬운 타카미네의 도발에 대책 없이 넘어가버린 것에서 게임이 끝난 거였다.
어쩌면 아까 나눈 대화에 넘어가버렸기 때문일지도 모른다.
오히려 그 가능성이 더 컸다.
그렇게 놀다 보니 어느새 해가 서쪽으로 저물고 구름 뒤에 밤이 모이기 시작했다.
머지않아 무대의 막이 내리는 것처럼 밤의 장막이 내려 하루의 끝을 알릴 것이다.
저녁 대신 핫도그를 한 손에 들고서 화려한 퍼레이드를 즐기고 있으니.
"그럼 마무리하러 갈까요."
벌써 다 먹은 타카미네가 포장지를 꼼꼼히 접어 근처에 있던 쓰레기통에 버렸다.
나도 허둥지둥 남은 조각을 입에 넣었다.
우물우물 확실하게 씹어 삼키고 나서 고개를 갸웃했다.
"마무리?"
"네. 놀이공원에도 「이걸로 마무리!」 하고 끝내는 게 있어요. 놀이공원 비기너인 카자 선배는 모르겠지만요."
"아니, 그게 퍼레이드잖아. 봐, 다들 돌아갈 준비를 하고 있어."

"저는 아니거든요. 뭐, 아무튼 잔말 말고 따라오세요."
내 대답을 기다리지 않고 타카미네가 걸어갔다.
그 뒷모습을 보며 따라갔다.
"그래서 어디 가는데?"
"저거 타려요."
타카미네는 반짝반짝 빛나는 「그것」을 가리켰다.
관람차였다.
"예전에 왔을 때도 마지막은 관람차였어요."
이때 타카미네가 어떤 얼굴로 그런 말을 했는지, 나는 모른다.
다만 그 목소리가 평소보다 가라앉아 있어서 마음과 귓가에 계속 남아 버렸고, 퍼레이드의 화려한 소리로도 그걸 지울 수는 없었다.

관람차가 천천히 하늘과 가까운 곳으로 우리를 데려갔다.
모르는 마을의 모르는 풍경이 유리 너머로 펼쳐졌다.
하지만 그 빛의 반짝임은 슈쿠세이시와 조금 닮은 것 같았다. 별자리를 모르면 봄, 여름, 가을, 겨울, 어느 계절에 봐도 밤하늘은 똑같이 보일 것이다. 그런 느낌이었다.
초점을 옮기자 유리에 비친 타카미네의 얼굴이 어렴풋이 보였다.
발밑에 펼쳐진 인공 불빛이 타카미네의 얼굴 절반을 황금색으로 물들이고 있었다.

마치 영원히 채워지지 않을 반달 같았다.

"오늘, 감사했습니다."

"뭐, 나도 즐거웠어."

타카미네는 그런 나를 힐끔 보고 유리 쪽으로 시선을 되돌렸다.

"있잖아요, 선배. 저는 그다지 투정 부리지 않는 아이예요."

거기에 비친 자신의 뺨을 만지듯 오른손의 검지를 들었다. 뭔가가 흘러내리는 것처럼 눈가에서 턱 끝까지 손가락이 스르르 덧그렸다.

"그래? 꽤 마음대로 말한다고 생각하는데."

"아, 선배한테 그런다는 게 아니에요. 선배한테도 아오한테도 투정은 부려요. 그건 아마 우리의 관계가 「진짜」라서 그렇겠죠. 「진짜」라고 믿을 수 있어서. 하지만 「그 사람」에게는 줄곧 그럴 수 없었어요. 항상 참기만 해요. 아마도, 우리의 관계는 「가짜」니까요."

"무슨 말이야?"

타카미네는 아직 나를 보지 않았다.

후우, 하고 뭔가를 결심한 듯 한숨을 쉬고 말했다.

"저와 그 사람은 같은 집에서 살지만 피가 섞이지 않았어요. 어릴 때, 라고 해도 지금도 여전히 어린애지만, 더 어렸을 때, 저는 친아빠에게 버려졌어요."

"뭐?"

타카미네는 예쁘다고 말하기는 어려운 너덜너덜한 뭔가를

주머니에서 꺼냈다.

대충 다뤘거나 오래돼서 그런 게 아니라 애초에 만든 사람이 솜씨가 없었다는 걸 알 수 있는 그런 종류의 너덜너덜함이었다. 실밥은 풀어졌고 가장자리에는 작은 구멍이 있었다.

그런데도 타카미네의 손은 그것을 매우 소중히 쥐고 있었다.

“네 살 생일 때, 저는 이 부적과 새로운 가족을 선물로 받았어요.”

타카미네는 담담히 자신의 과거를 이야기했다.

네 살 생일을 앞두고 엄마가 병으로 죽어 버렸다는 것. 혼자 딸을 키울 수 없다고 느낀 아빠가 「아는 사람」에게 자신을 맡겼다는 것.

타카미네라는 성은 그 「아는 사람」의 성씨라는 것.

그 후 10년 넘게 그 「아는 사람」과 둘이서 생활하고 있다는 것.

마치 어떤 이야기의 줄거리를 읽어 주는 것 같았다.

나도 유리에 비치는 내 얼굴을 보았다.

어딘가 가라앉아 있었다.

나 참, 얼굴이 왜 이 모양일까.

내가 이런 얼굴을 한들 아무 소용없는데.

이럴 때 안이하게 공감하는 말을 꺼내는 건 간단하다.

하지만 실제로 타카미네의 마음을 있는 그대로 이해하는 것은 절대 불가능하다. 나라면 어땠을지 상상의 나래를 펼치는 게 고작이다.
나는 그 감정을 알고 있었다.
누나가 죽었을 때가 그랬다.
다들 폭탄을 터뜨리지 않으려는 것처럼 조심조심 대했다. 아아, 그 말을 했던 사람은 그다지 교류가 없었던 친척 아주머니였던가.
얼굴만큼은 어렴풋이 기억난다.
이름은 모른다.
그 아주머니는 레이스 손수건을 꾸깃꾸깃하게 쥐고서 눈물을 닦고 있었다.
아마 한 번도 누나의 병문안을 온 적이 없었던 사람이었는데도.
『토와 군, 참 슬프구나.』
장례식 도중에 아주머니는 내게 그렇게 말했다.
목소리가 떨리고 있었다.
아직 젊은 여자의 죽음.
남겨진 가족.
그런 상황에 울고 있을 뿐이었다.
나처럼 슬퍼하고 있는 게 아니었다.
실로 비굴하고 뾰족하게 말하자면, 그런 상황을 슬프게 여기는 자신의 상냥함에 취해 있는 거였다.
그걸 모를 만큼 어리진 않았다.
『네.』

하지만 나는 착하게 고개를 끄덕였다.

속마음은 달랐지만 고개를 끄덕여뒀다.

가슴속은 말로 표현할 수 없을 만큼 펄펄 끓으며 뜨겁디뜨겁게 날뛰고 있었다. 까맣고 끈적끈적한 것이 내 마음을 늪으로 가라앉혔다.

저기요, 아줌마.

속으로 욕했다.

당신은 전혀 몰라.

슬프다는 말로는 부족해.

세상의 온갖 말을 긁어모아도, 고명한 시인에게 묘사해달라고 해도, 이 감정은 나타낼 수 없다.

세상이 끝났다고 생각했다.

세상아, 끝나 버려라, 하고 증오했다.

그렇게 외치고 싶었다.

목이 쉬도록 외치고, 눈이 짓무를 때까지 울고, 모든 피가 증발해버려서 한 방울도 남지 않을 만한 열이 질척하게 소용돌이치고 있었다. 그런 주제에 몸은 차갑게 식어 있었다. 너무 추워서 덜덜 떨릴 것 같았다.

그것이 나의 「슬픔」이었다.

그렇게 간단히 말할 수 있는 「슬픔」이 아니었다.

하지만 어떻게든 참았다.

『네. 슬퍼요.』

『누나 대신 네가 부모님을 도와드려야 해.』

『알고 있어요.』

본심을 조금도 흘리지 않고 나는 계속 고개를 끄덕였다.

잘못을 바로잡아봤자 아무 소용없다는 건 알고 있었고, 무슨 짓을 하든 내가 느끼는 절망의 천분의 일도 전해지지 않을 것을 알고 있었으니까.

물론 이해받고 싶다고도 생각하지 않았지만.

"선배?"

타카미네의 목소리를 듣고 현실로 돌아왔다.

주변을 둘러보았다.

다들 새까만 옷을 입고 상실감에 잠겨 있던 그 방이 아니었다.

놀이공원의 관람차 안.

어느새 우리는 꼭대기 근처에 와있었다. 앞으로 셋, 아니, 두 개가 움직이길 기다리면 이 놀이공원에서 가장 높은 곳에 서게 된다.

"아, 미안. 잠깐 생각 좀 하고 있었어."

"이런 얘기를 꺼내서 죄송해요. 곤란하죠?"

"아냐, 그야 확실히 즐거운 얘기는 아니지만, 그래도 그런 얘기를 해 준 이유가 있는 거지?"

"그렇죠. 이것저것 생각해봤지만, 어쩌면 부탁할 수 있을 것 같아서요. 선배가 제 소원을 들어주게 하려면 역시 먼저 약한 모습을 보여 주는 게 득책이지 않겠어요?"

“그런 짓 안 해도 네 부탁이라면 들어줄 거야.”

“금방 그런 말을 한다니까.”

“하지만 사실이야.”

그렇게 말하면서도, 소원이라는 말이 고막을 진동시킨 순간 어떤 예감이 머릿속을 스쳤다. 타카미네에게 한 말은 거짓말이 아니었다.

각오는 되어 있었다.

익숙해져버린 것이다.

아니면 감각이 마비되어 버렸거나.

어쨌든.

이 나라에는 두 번 일어난 일은 또 일어난다는 말이 있다.

첫 번째는 벚꽃이 피는 계절에.

—색을 잃은 선배와 만났다.

두 번째는 비가 내리는 시기에.

—사람의 얼굴을 알 수 없다며 누나의 친구가 곤란해 했다.

그렇다면 세 번째는?

움켜쥔 주먹에 무심코 힘을 주고 말았다.

“나는 뭘 하면 돼?”

타카미네가 부적을 다시 주머니에 넣고 손을 천천히 펼쳤다.

내게 보여 주듯이, 이게 뭔지 알 거라는 것처럼.

실제로 나는 그게 뭔지 알았다.

남색 성관문.

신에게 사랑받은 별의 관이 손바닥에서 빛나고 있었다.

"역시 안 놀라네요."

"이제 세 번째야. 너야말로 그게 뭔지 알아?"

"아하하하. 슈쿠세이시에 살면서 모르는 사람은 없겠죠. 하얀 신이 자아내는 대가와 소원 이야기. 하지만 이건 조금 다르죠? 루이한테 들었어요. 신은 저에게 대가 따위 요구하지 않았어요."

"대신 시련을 받았다는 거네."

"아하하하. 맞아요. 긴말하지 않아도 돼서 좋네요. 지금 여기에 열세 살의 제가 있어요. 이 아이가 저를 이리로 데려왔어요."

타카미네가 나와 본인 사이에 놓인 아무것도 없는 공간을 보았다.

내게는 보이지 않는 무언가를 타카미네는 확실하게 응시하고 있었다. 오늘 몇 번인가 그렇게 시선을 보냈던 것이 떠올랐다.

"이제 됐어?"

좁은 공간에 타카미네의 목소리가 메아리쳤다.

대답은 없었다.

적어도 나한테는 안 들렸다.

하지만 타카미네에게는 들렸을 것이다.

그래, 하고 고개를 끄덕였다.

그리고 타카미네가 아무것도 없는 그 공간으로 손을 뻗은 순간, 그녀의 몸이 마치 별들처럼 딱 한 번 희미하게 빛났다.

마침 곤돌라가 하늘 꼭대기에 도달한 순간이었다.

"아아, 역시나. 그런가. 이렇게 되는 건가. 기억은 사라지지 않았지만, 으음. 뭔가 이상한 느낌이야."

당연한 일이지만, 빛이 사그라들자 그곳에는 타카미네가 있었다.

"너, 너, 타카미네야?"

그런데도 이렇게 물어본 것은 빛나기 전후의 모습이 조금 달랐기 때문이다.

머리가 짧아져 있었다.

늘 달고 다니는 남색 리본이 팔랑거리며 허공을 날았다.

손발도 마찬가지로 조금 짧아졌고, 가슴도 다소 작았다.

입고 있는 옷의 치수가 안 맞는 탓에 조금 촌스러워 보였다.

그 앳된 얼굴이 처음 만났을 무렵의, 즉 기억 속의 타카미네와 똑같아서.

"아하하하. 맞아요. 타카미네 루리예요. 카자마츠리 선배."

"뭐, 뭐야. 대체 무슨 일이 일어난 거야?"

이 현상에는 역시 나도 깜짝 놀랐다.

"아하하하. 그게 말이죠. 뭐랄까, 열세 살의 제가 사라지고, 지금은 제가, 카자마츠리 선배와 처음 만났을 무렵의 열세 살의 저예요."

타카미네는 특별히 당황하지도 않고 웃으며 그렇게 잘라 말했다.

뺨을 긁적이고 있었다.

나를 부르는 호칭이 「카자 선배」에서 「카자마츠리 선배」로 바뀌었음을.

아니, 처음 만났을 무렵으로 돌아갔음을 깨닫기까지 조금 시간이 필요했다.

2

"하얀 신이 소원을 말하라고 해서 저는 「진짜 아빠」를 만나고 싶다고 빌었어요."

관람차에서 내린 우리는 한산한 놀이공원을 걸어가며 출구로 향했다.

휘황찬란한 인공 불빛은 마치 마법 같았고, 조명이 하나둘 꺼지는 모습은 축제가 끝난 뒤의 고요함을 간직하고 있어서 적적했다.

우리를 포함해 사람들은 여운에 잠겨 현실로 돌아갔다.

아빠, 엄마, 즐거웠어. 그치? 그러게, 또 오고 싶다. 좋아, 그럼 아빠가 열심히 일해야겠네. 근처에서 가족이 그런 대화를 나눴다.

마치 홈드라마를 보는 것 같았다.

타카미네도 아마 똑같은 기분으로 똑같은 것을 보고 있었다.

조금 몸이 작아진 타카미네가 걷기 불편해 했기에 적어도 숄더백 정도는 내가 들어 주기로 했다.

고맙습니다, 하고 타카미네가 기뻐하며 수줍어했다.

"그래서, 어떤 시련을 받으면 그렇게 되는 거야?"

놀이공원의 게이트를 지났다.

그저 그것뿐인데 무언가가 확실하게 끝난 기분이 들었다. 마법이 풀렸다고 할까, 그런 느낌이었다.

신기한 일이다.

백화점 문을 지난다고 해도 이런 기분은 맛볼 수 없는데.

하지만 신이 타카미네에게 건 신기한 마법은 풀리지 않은 채였다.

열세 살로 돌아간 타카미네는.

"당신은 누구예요?"

조금 아이 같은 말투로 그렇게 말했다.

"뭐?"

나는 작게 고개를 갸웃했다.

타카미네가 씩 웃었다.

"저의 시련은 그 질문의 「답」을 찾는 거래요. 그건 제가 네 살 때 어떤 사람에게 물어본 말이에요. 그 사람이 뭐라고 대답했는지는 기억나지 않아요."

"기억해내라는 건가?"

"그럴 거예요. 실마리는 있어요."

타카미네가 눈을 감고 두 팔을 벌렸다.

"제 속에 있는 원초의 풍경."

문자 하나하나를 곱씹듯 붉은 입술이 천천히 움직였다.

뭔가를 확인하기 위해 닫혀 있던 눈이 번쩍 뜨였다.

"파란 하늘. 파란 바다. 세상이 짙은 파란색에 잠겨 있던 어느 곳에서 저는 그 사람과 손을 잡고 있어요. 분명 지금은 이 세상 어디에도 없지만, 예전에 확실히 있었던 그곳에 「답」이 있어요. 그곳에 도달하기 위한 길잡이는 신이 사라진 뒤에 남아 있었어요."

"그게 열세 살의 너야?"

"네."

"아까 사라졌다고 했지?"

"그렇죠. 하지만 「동기화」했다는 말이 더 적절할 것 같아요. 제가 열세 살 때의 기분을 떠올렸기에 제 안에 녹아들어서 이런 모습이 됐을 테니까. 대신 이번에는 열 살의 제가 여기 있어요. 조금 언짢아 보여요. 다음 장소로 가자면서 재촉하고 있어요. 이제 밤이니까 무리야. 아침까지 참아."

역시나 내가 보기에는 아무것도 없는 공간을 보며 타카미네가 후후 웃었다.

그 모습은 텔레비전으로 보았던 「상상 친구」 현상과 비슷했다. 본인에게만 보이는, 그 사람의 머릿속에만 존재하는 「가상의 친구」.

하지만 이번에는 거기에 정말로 과거의 타카미네가 있을 것이다.

기적도, 시련도, 신도.

그런 인지를 넘어선 무언가가 이 세상에 존재함을 나는 이미 알고 있었다.

"분명 이제부터 저는 과거의 자신을 따라 추억의 땅을 돌며 기억과 마음을 되찾고 조금씩 그때로, 네 살 생일 때로 돌아가겠죠."

정확히는 다르겠지만, 감각적으로는 유아 퇴행 같은 걸까.

"기억은, 어때?"

"아, 기억은 멀쩡해요. 열세 살 때는 만난 적 없는 코가네이도 알고 있고요. 하지만 기억에 실감이 전혀 동반되지 않는다고 할까요. 아니다. 뭐라고 해야 하지. 중학교 졸업식이라든가 고등학교에 입학하고 나서 있었던 일들, 물론 코가네이에 관한 것도 전부 텔레비전 속의 일처럼 느껴져요. 제가 느끼기에 지금 저는 열세 살이고, 중학교 1학년의 여름이고, 고등학교 2학년인 카자마츠리 선배는 조금 어른스러워서 위화감이 들지만, 그래서 조금 두근거려요. 카자 선배라고 부르려 하면 굉장히 어색하고 징그러워요."

그렇게 말하고 타카미네는 내 시선으로부터 도망치듯 하늘을 올려다보았다.

저게 데네브, 알타이르, 베가, 하고 멜로디를 붙여 여름의 대삼각형을 읊조리며 작은 손가락으로 어루만지듯 연결했다.

그 손은 허공에서 춤출 뿐, 별에는 전혀 닿지 않았다.

하지만 마치 하늘의 별을 따려고 하는 시련 같다고 생각했다.

아득히 먼 곳에 있는 까마득한 예전의 빛을 잡는 시련.

별빛을 따라가 기억을 주워 모아서 이윽고 옛 장소로 되돌아간다.

이건 그렇게 집으로 돌아가는 기나긴 여행이다.

"카자마츠리 선배. 그런고로 부탁해도 될까요."

"해도 돼."

말이 끝나기가 무섭게 즉답했다.

빨라! 하고 타카미네가 깜짝 놀랐기에 의기양양하게 흐흥 웃어 줬다.

타카미네는 어린아이처럼 다리를 높이 들며 옆에서 걷고 있었다. 그렇게 걸어서는 분명 이 긴 여행을 완주할 수 없다.

어른이라고 당당히 말할 수 있을 만큼 훌륭한 사람은 아니지만.

열세 살이나 열 살, 네 살과 비교하면 고등학교 2학년인 나는 조금 어른이다.

있는 것만으로도 조금은 도움이 될 것이다.

"옆에 있어 줄래요?"

"그래."

"끝까지 함께해 줄래요?"

"좋아."

"……제 입으로 말하기도 뭐하지만, 다음 차례인 열 살 무렵의 저는 굉장히 귀찮을 거예요. 제일 비뚤어졌던 시기라서요."

"그건 조금 기대되네."

"기대돼요?"

"그래. 나는 그 무렵의 너를 전혀 모르니까."

"정말 별나다니까."

타카미네는 되풀이했다.

"참 별나."

굴러다니던 작은 돌을 툭 찼다.

살짝 쑥스러워하고 있는 것 같았다.

그걸로 이야기가 끝나 버렸다.

그래서 타카미네의 소원을 들었을 때 느꼈던 「위화감」을 나는 이날 하루가 끝날 때까지 말하지 않았다.

타카미네는 여행 끝에 무엇을 바라고 있는 걸까.

이 녀석은 무엇을 손에 넣을까.

3

숙박은 무난하게 역 앞에 있는 비즈니스호텔에서 묵게 되었다.

여름 방학이 시작돼서 그런지 미성년자 두 명이 체크인해도 특별히 이상하게 여기지는 않았다.

평일 1박 조식 미포함에 3980엔. 꽤 합리적이었다. 그래도 오늘 쓴 것만 따져도 신칸센에 놀이공원에 숙박비까지 꽤나 상당한 지출이었다.

가벼워진 지갑을 거꾸로 들어 봤자 돈이 떨어질 리도 없어서.

내일 돈을 좀 인출해야겠다고 멍하니 생각했다.

타카미네와 각각 체크인을 마치고 — 사촌 남매라고 해 뒀다 — 엘리베이터를 타고 5층으로. 방은 506호와 507호로, 나란히 붙어 있었다.

"내일 아침 아홉 시에 로비에서 만나기로 할까요?"

"그래."

타카미네는 익숙하게 카드키를 꽂았다 빼서 빠르게 문을 열었다. 들키지 않게 그 모습을 필사적으로 훔쳐보고 나도 똑같이 내 방의 카드키를 꽂았다 뺐다.

자백하자면 이런 건 익숙하지 않았다.

방에 들어가려던 타카미네가 히죽 웃더니 말했다.

"그나저나, 아쉽게 됐네요."

"뭐가?"

"이럴 때 방이 하나밖에 없어서 같은 방을 쓰게 되는 게 정석이잖아요?"

"만화를 너무 많이 봤네. 그보다 그러면 곤란한 사람은 너야."

"아하하하. 저는 딱히 같은 방을 써도 상관없는데요. 어차피 선배는 동침할 각오나 용기도 없을 테고."

"……좋아, 그렇게까지 말한다면 가만있을 수 없지. 나도 남자야. 차려진 밥상을 걷어차는 건 예의가 아니겠지."

어중간하게 열린 문을 닫고 옆으로 갔다.

그러자 타카미네가 얼굴을 붉히며 허둥대기 시작했다.

"어, 어어어어어, 진짜로요?"

무시하고 한 걸음 더 내디뎠다.

이럴 때는 뭔가 말하는 것보다 침묵하는 게 더 무서운 법이다.

"카자마츠리 선배. 자, 잠깐만요. 기, 기다려 봐요. 그냥 놀린 거잖아요."

"……."

"기, 기다려 주세요. 저, 적어도 샤워는 하고—."

손을 뻗으면 닿을 거리까지 다가간 나는 타카미네의 새빨개진 이마에 딱밤을 먹였다.

딱콩, 하고 괜찮은 소리가 났다. 타카미네는 마치 꼬리 밟힌 고양이처럼 흐냐아아아아 하는 소리를 냈다.

눈물을 글썽거리며 타카미네가 이마를 부여잡았다.

"바보야. 그런 농담을 하기엔 아직 일러."

"으으. 너무해. 여심을 갖고 놀았어."

"누가 갖고 놀았다는 거야. 남이 들으면 오해할 소리 마. 네가 먼저 놀렸잖아. 이번 일로 배웠으면 앞으로는 이런 짓 하지 말도록."

"네~ 그나저나 카자마츠리 선배."

"뭔가 더 할 말 있어?"

"지금 눈앞에 있는 사람이 제가 아니라 오미 선배였어도 똑같이 대응할 수 있었을까요?"

"뭐, 뭐?"

무심코 상상해 버려서 조금 당황한 나를 보고 타카미네가 「그렇군요」 하고 뭐가 그렇다는 건지 모르겠지만 고개를 끄덕였다.

"역시 오미 선배인 걸까요."

"뭐가?"

"아무것도 아니에요. 안녕히 주무세요."

"그래, 잘 자."

타카미네는 얼굴을 붉힌 채 방에 들어갔다. 마지막에 나눈 대화의 의미를 생각하며 나도 방에 들어가 불을 켰다.

"좁네."

나도 모르게 중얼거렸다.

"뭐, 잠만 잘 거니까 상관없지만."

비좁은 싱글룸의 대부분을 침대가 차지하고 있었다.

테이블 위에는 텔레비전과 전기 포트가 있었다. 리모컨을 들었지만 그다지 텔레비전을 보고 싶은 기분은 아니어서 다시 테이블 위에 놓았다.

침대에 앉아 그대로 뒤로 드러누웠다.

살짝 튕긴 몸이 매트에 푹 가라앉았다.

그러자 피로가 독처럼 온몸에 퍼졌다.

아아, 안 되겠어.

졸려. 샤워는, 응. 내일 하자.

아무것도 하고 싶지 않았다.

수면욕이 사고를 조금씩 갉아먹었다.
이대로 잠들었다가 눈을 뜨면 아침이겠지. 아아, 그거 좋다. 그러자. 나는 자야겠어.
이윽고 호흡이 얕아지며 손끝부터 점차 힘이 빠지고, 의식이 몸을 벗어나려던 바로 그때.

—진동했다.

몸이.
정확히는 바지 주머니가.
더 정확히 말하자면 거기 넣어 두고 빼지 않은 스마트폰이.
부르르 진동하며 「의식아, 돌아와」 하고 나를 현실로 끌고 오려고 했다.
아아, 진짜 뭐야, 이렇게 졸린데 깨우지 말라고. 무의식적으로 그렇게 투덜거리면서도 비몽사몽 간신히 진원지로 손을 뻗었다.
누가 걸었는지 확인하지도 않은 채 스피커 모드로 전화를 받았다.

"카자마츠리 선배! 루, 루리가 집에 돌아오지 않았대요. 스마트폰도 집에 두고 나갔다고 해서, 어쩌면 좋죠!"

느닷없이 들린 것은 당장 울음을 터뜨릴 것 같은 미야노의 목소리였다.

너무 목소리가 커서 소리가 조금 깨졌다.

덧붙여 걱정스러워하는 코가네이의 목소리도 들렸다. 카자마츠리 토와랑 전화 연결됐어? 응? 어떻게 됐어? 미야노 아오이.

아무래도 같이 있는 것 같았다.

“미야노야?”

“어, 네, 마, 맞아요.”

목소리가 떨리고 있는 건 미야노가 동요했기 때문일까, 코가네이가 몸을 흔들고 있기 때문일까.

흐아아아암 하고 하품을 한 번 했다.

“왜 전화했어?”

“아까 말했잖아요. 루리가 아직 집에 안 돌아왔다고 루리네 아빠한테서 전화가 와서.”

“걱정하지 마. 훌륭하게 가출 중이야.”

“가출 중이라고 해도 저는 걱정이⋯⋯ 네? 선배, 방금 뭐라고 했어요?”

질문받았기에 시간을 몇 초 되돌렸다.

“걱정하지 말라고 했어.”

“아, 아니요! 그다음! 그다음에요!”

아무래도 너무 되돌린 모양이다.

이번에는 몇 초만 시간을 진행시켰다.

“훌륭하게 가출 중이야.”

“그거요, 대체 그게 무슨 말이에요?!”

말하다 보니 점차 의식도 또렷해졌다.

멍하니 방의 조명을 바라보며 한 번 더 크게 하품해서 남은 졸음을 전부 토해 내고 「그게 말이지」 하고 이야기해 주기로 했다.

이것저것 귀찮았기에 「색의 열혼」에 관해서는 생략했다.

가출을 결행하려는 타카미네와 우연히 만났다는 것.

따라가기로 한 것.

오늘은 놀이공원에서 놀았다는 것.

그런 일들만을 담담히 설명해 나갔다.

얼추 설명을 끝내니 미야노는 한동안 입을 다물고 여러 가지를 곱씹는 것 같았다. 코가네이가 걱정스레 미야노를 부르는 소리가 들렸다.

이윽고 미야노가 하아 하고 깊은 한숨을 쉬었다.

"그래서, 왜 놀이공원에 간 거예요?"

약간이지만 목소리에 평소 같은 기운이 돌아온 것처럼 들리는 건 기분 탓이 아닐 터다.

어쨌든 타카미네가 어디 있는지 알아서 안심했을 것이다.

왜 말리지 않았느냐고 묻지 않는 점이 미야노다웠다.

말려 봤자 의미가 없음을, 아니, 입장이 반대였다면 미야노 자신이 친구로서 나와 똑같이 했을 것을 분명하게 아는 거다.

"타카미네가 가고 싶다고 해서."

거짓말은 안 했다.

열다섯 살이든 열세 살이든 타카미네는 타카미네다.

"그러니까—."

"알겠어요. 한동안 저희 집에 묵는 걸로 해두면 되는 거죠?"

"이해가 빠르네."

"이것저것 하고 싶은 말은 있지만! 묻고 싶지만! 하지만, 그건 카자마츠리 선배에게 할 말이 아니니까요. 루리에게 해야 할 말이니까, 그러니까 선배. 루리가 만족하면, 이제 됐다고 하면, 확실하게 데리고 돌아와 주세요."

"그래. 생일 케이크 구워 주겠다고 약속도 했으니까."

"네. 저도 루이도 선물 준비하고 기다리고 있을게요."

"그래. 알았어."

"그럼 슬슬 끊을게요."

"잘 자, 미야노."

"……."

대답이 없었다.

스마트폰을 들고 「어~이」 하고 불러 봤다.

역시 대답이 없다.

그냥 시체인 것 같다.

오오, 미야노여, 죽어 버리다니 한심하구나.

분명 미야노는 명작 RPG의 이 대사를 모르겠지. 이 녀석은 게임 같은 거 안 할 것 같으니까.

"미야노? 뭐야, 벌써 끊었나?"

"아, 아아, 아니에요. 저기, 방금 그거."

"오, 깜짝 놀랐네. 방금 그거라니? 뭘 말하는 거야? 그보다 갑자기 큰 소리 내지 마."

"자, 자, 잘, 잘 자, 라고."

"그렇게 이상한 인사는 아니잖아."

갑자기 큰 음량으로 외쳐서 귀가 먹먹해졌다. 심장도 펄떡거리며 비명을 질렀다.

그런 고동이 진정되기도 전에.

"으으, 진짜! 선배 바보. 아, 안녕히 주무세여."

아, 발음 샜다.

덧붙여 안 좋은 말도 들었다.

영문을 모르겠다.

맥 빠지는 대화로 마무리되긴 했지만, 이리하여 미야노와의 통화는 종료되었다. 완전히 잠이 깨버렸다.

아마 눈을 감으면 다음 졸음이 곧 찾아오겠지만.

잠시 고민하고서 역시 샤워하기로 했다.

아까까지는 졸려서 신경 쓰이지 않았지만, 땡볕 아래에서 온종일 돌아다니며 놀았다. 몸 전체가 땀 때문에 끈적거렸다.

하지만 그 전에 해야 할 일이 하나 생각났다.

아니, 딱히 필요 없을지도 모르지만.

과연 어떨까.

타카미네와 달리 나는 남자고, 심야에 돌아다닌 적도 한두 번이 아니다. 원래부터 방임되고 있었다.

그러니 걱정하지는, 않을 거다. 아마도. 분명.

여러 가지 변명이 머릿속에 떠올랐다가 물거품처럼 사라졌다.

그래도 아무것도 안 할 수는 없겠지.

얼마간 생각하고서 나는 내 의지와 의무 간에 타협을 봤다.

스마트폰에 등록된 번호를 불러왔다.

두 번, 세 번, 네 번, 신호음이 쌓여 나갔다. 벌써 자는 걸까. 그럼 내일 하자. 포기하고 전화를 끊으려 했을 때.

"네, 카자마츠리입니다."

할아버지가 전화를 받았다.

"아, 할아버지? 나야. 토와."

"무슨 일이냐? 전화라니 별일이구나."

"아, 응. 부탁이 있어서."

"귀찮은 일이냐?"

"뭐, 조금."

"좋아, 들어주마."

즉답이었기에 조금 놀랐다.

"들어주는구나. 아직 아무런 말도 안 했는데."

"손자의 부탁을 들어주는 게 할아비의 가장 큰 즐거움이야. 그러니까 사정을 설명해 봐."

"응."

미야노에게 말했던 것과 비슷하게 「색의 열혼」에 관해서는 생략하고 설명했다. 나는 알리바이가 필요했다.

오늘은 이제 무리지만, 내일 돌아갈 수 있을지 알 수 없었다.

최악에는 1~2주 후가 될지도 몰랐다.

아까 미야노에게 말한 생일 전에 돌아갈 수 있을지도 의심스러웠다.

그렇게 되면 역시 귀찮은 일이 벌어질 것이다. 쉽게 상상이 갔다. 민감한 시기의 남녀가 똑같은 타이밍에 가출. 상상의 연쇄는 온갖 사실을 무시하고 사랑의 도피까지 비약할지도 모른다.

작은 마을이다.

어디서 어떻게 이상한 정보가 퍼질지 알 수 없다.

그렇게 되지 않도록 일찌감치 손을 써둬야 했다.

할아버지는 미야노처럼 잠시 입을 다물고 있다가.

"……알았다."

그렇게 말했다.

"히로토에게 잘 얘기해 두마."

히로토는 아빠의 이름이었다.

"미안."

"고등학교 2학년의 여름이잖아. 가출도 한번 해봐야지. 토와, 이쪽은 걱정하지 않아도 돼. 충분히 즐기고 와라."

"아니, 그런 이상한 일은 아닌데."

"그렇진 않겠지."

할아버지는 즐겁게 껄껄 웃었다.

마치 장난을 함께 꾸미는 공범자 같았다.

"쓴맛도 단맛도, 힘든 일도 괴로운 일도. 슬픔도. 모든 경험을 소중한 무언가로 바꿀 수 있는 것이 너희 젊은이의 「특권」이야. 멀리 빙 돌아가더라도, 쓸데없다는 생각이 들더라도, 돌아왔을 때는 그 손에 새로운 것을 확실하게 쥐고 있을 거다."

"그런 거야?"

"그런 거다. 그러니까 그 후배 아이뿐만 아니라 분명 너를 위한 여행도 될 거다."

할아버지는 그렇게 대화를 매듭지었다.

통화를 끝내고 바로 샤워를 했다.

땀과 함께 피로도 씻겨 나갔다.

비치되어 있던 실내복으로 갈아입고 창밖을 멍하니 바라보았다. 몇 번이나 생각했던 것을 한층 강하게 생각했다.

이곳은 모르는 마을이구나.

어제까지 이름도 몰랐던 마을에서 밤을 보내고 있다는 것에 위화감과 흥분이 반반이었다.

불을 끄고 창밖을 보았다.

가로등 불빛만 반사되고 별빛은 전혀 보이지 않았다.

"아아, 여기는 모르는 마을이구나."

이번에는 제대로 소리 내어 말했다.

내 목소리가 모르는 마을의 모르는 공기를 잘 아는 파동의 높이로 진동시켰다.

눈을 감고 여름의 대삼각형을 그리고 나서 침대로 돌아갔다.

승부는 순식간에 났다.

기다리고 있던 졸음이 드디어 자기 차례냐는 듯 단숨에 내 의식을 앗아 갔다.

눈앞이 캄캄해졌다.

이튿날 아침.

당연한 일이지만, 커튼을 여니 모르는 마을의 풍경이 펼쳐져 있었다.

연일 이어졌던 하쿠노의 모닝콜 때문인지 비교적 이른 시간에 깬 것 같았다.

하지만 여름의 아침은 훨씬 빠르다.

해는 완전히 떠올라 있었다.

"오늘도 더워질 것 같네."

나는 혼자 중얼거렸다.

구름 한 점 없는 하늘의 파란색이 시리도록 반짝이고 있었다.

여름 방학은 이제 막 시작됐을 뿐이다.

제3화

여름 시간Ⅱ

1

전철을 갈아타고 버스를 탔다.

마을에서 멀어지며 창밖의 풍경이 점점 자연 그대로의 모습으로 바뀌었다. 키 큰 건물이 없어서 하늘이 넓었다.

빨려 들어갈 듯한 푸른 하늘이 시야의 90%를 채우고 있었다.

유리를 투과한 빛이 스펙트럼이 되어 피부를 태웠다. 따끔따끔하니 뾰족한 빛이었다. 아주 뜨겁고 조금 아팠다.

“야, 타카미네.”

옆에 앉은 열세 살 여자아이에게 말을 걸었다.

“네?”

리본으로 묶은 머리가 평소보다 짧았다.

그것이 버스의 진동에 맞춰 하늘하늘 흔들렸다.

“이거, 어디로 가는 거야?”

“으음, 아마 캠프장일 거예요. 열 살 때, 역시나 데려가 줬었거든요.”

“흐응. 열 살의 너는 거기 있는 거야?”

“있어요. 제 옆에 서 있어요.”

“그런가.”

그 말을 끝으로 입을 다물어 버렸다. 타카미네는 잠자듯 눈을 감고 있었기에 나는 창밖을 멍하니 바라보았다.

버스가 흔들렸다.

금방 셀 수 있을 만큼 수가 적은 승객들의 몸도 흔들렸다.
물론 나와 타카미네도 흔들렸다.
버스는 그런 우리를 태우고서 여름의 상징 같은 커다란 적란운 아래로 천천히 나아갔다.
덜컹 덜커덩 소리를 내며.
저 푸른 하늘 너머에는 대체 무엇이 기다리고 있을까.

버스 정류장에서 도보로 10분.
캠프장은 나무들로 둘러싸인 곳에 있었다. 여름 방학 시즌인 만큼 가족끼리 온 야영객이 많았다.
대학생으로 보이는 그룹도 몇몇 있었다.
고기를 구우며 즐겁게 맥주 캔을 기울이고 있었다.
밤에는 불꽃놀이를 즐길 것이다. 도중에 있었던 슈퍼의 비닐봉지에 불꽃놀이 세트가 담겨 있는 것이 슬쩍 보였다.
동급생으로도, 커플로도, 가족으로도 안 보이는 두 미성년자인 우리는 조금 붕 떠 있었다.
"통나무집을 빌릴 수 있을 테니까 우선은 거기에 짐을 두고 가요."
타카미네가 척척 앞으로 나갔기에 허둥지둥 뛰어가 옆에 섰다.
"가자니, 어디로?"
"근처에 깨끗한 개울이 있어요. 모처럼 왔으니까 놀지 않을래요?"

"네가 좋다면야."

"그럼 결정이네요."

짐을 두고 다시 슈퍼까지 돌아가 장을 본 뒤 개울가로 갔다. 도착하자마자 타카미네는 신발을 벗어 맨발이 되었다.

상처 하나 없는 매끈한 뒤꿈치가 예뻤다.

"앗 차가."

투명한 물속에 슬쩍 발을 담갔다.

흐르는 물이 타카미네의 발목을 간질였다.

오늘 타카미네는 활동성을 우선한 티셔츠와 다소 기장이 긴 반바지를 입고 있었다. 전체적으로 파란색과 흰색으로 맞춰서 산뜻했다. 저번 마을에서 산 것이었다.

늘 하던 버릇대로 목에 건 카메라를 들었다.

렌즈를 돌려 초점을 맞추고 있으니 파인더 속 타카미네가 눈치채고 이를 보이며 히히 웃었다.

그리고 물에 담근 발을 차올렸다.

첨벙 소리가 나며 물보라가 공중에 튀었다.

세계가 내 손 안에서 슬로 모션으로 돌아갔다. 때마침 초점이 맞았다. 타카미네의 웃는 얼굴이 선명하게 나타났다.

물방울들은 빛이 세상에 현현하기 위한 촉매였다.

지금!

—찰칵.

무미건조한 기계음이 울렸다.

여름의 한순간이 내 손으로 확실하게 도려내졌다.

소녀의 웃는 얼굴.

여름 햇살.

떠오른 물방울의 표면을 덧그리는 빛. 나무들이 만드는 그늘. 바람의 움직임. 푹푹 찌는 열기의 냄새. 강한 햇빛을 계속 받은 잎사귀 몇 개가 열기에 지지 않겠다는 듯 더 짙은 초록빛을 띠고 있었다.

그런 것들을 과하지도 모자라지도 않게 한 장에 담았다는 느낌이 들었다.

손을 꽉 쥐었다. 정말 완벽한 타이밍이었다. 이런 찰나의 순간이 있기에 사진을 그만둘 수 없는 거다.

그렇게 만족한 것도 잠깐.

"아, 이런."

"왜 그러세요?"

"토카 선배랑 사진 찍으러 간 뒤로 안 건드렸기에 리버설 필름이 그대로 들어 있다는 걸 깜빡했어."

"리버설 필름?"

"평소 쓰는 네거티브 필름과 달리 래티튜드가 좁거든. 제대로 찍혔으면 좋겠는데."

"래, 래티튜드?"

타카미네가 그게 뭐냐는 느낌으로 복창했다.

래티튜드는 일반적으로 일본에서 사진 용어로 쓰이는 단어다.

노출관용도를 말하지만, 그걸 설명해봤자 모를 것이다.

"아냐, 됐어. 몰라도 되는 얘기야."

필름 카운터를 확인하니 앞으로 열다섯 장은 남아 있었다.

리버설 필름은 비싸고, 예쁘게 찍으려면 조금 요령이 필요하니 신중하게 셔터를 누르자고 결심했다.

아아, 하지만 아까 그건 진짜 아깝다.

제대로 찍혔을 가능성도 있지만.

디지털카메라와 달리 바로 확인할 수 없는 것이 즐겁기도 하지만 감질나기도 했다.

"아, 그보다 방금 멋대로 찍었죠."

짐짓 뾰로통하게 화내는 타카미네는 밝았고, 평소보다 어린애 같았다. 하지만 지금 모습과 세트로 보니 어울렸다.

열세 살의 타카미네 루리는 그런 여자아이였다.

"사진전에 낼 사진, 모처럼 사진기도 있으니까 찍어 둘까 해서."

"그럼 다른 사람들한테 보여 준다는 거잖아요? 이 모습의 저를 찍는 건 위험하지 않아요?"

"네 친척이라고 하면 되지. 찍으면 안 돼?"

으음, 하고 타카미네는 잠시 침음을 흘리고서 말했다.

"예쁘게 찍혔다면 됐어요."

"여자는 그런 걸 엄청나게 신경 쓰더라. 남자로서 「어?」 싶은 구석까지."

"그게 여심이라서요."

"요컨대?"

"남자는 이해할 수 없다는 거죠."

"그렇군."

"남자가 이해할 수 있다면 여심이 아니라고요."

"맞는 말이야. 너무 복잡해."

그대로 개울의 흐름을 거슬러 상류를 향해 걸었다.

타카미네는 왼손에 신발을 들고서 적당한 크기의 돌을 찾아 맨발로 폴짝폴짝 점프하며 이동했다.

위험해 보여서 손을 내밀자 타카미네가 조금 젖은 손으로 맞잡았다.

아무 말 없이 꽉 잡았다.

타카미네는 읏차, 호잇, 얍 하고 말하며 뛰었지만 손을 잡은 것에 관해서는 특별히 아무런 반응도 하지 않았다.

돌 위에 찍힌 타카미네의 검은 발자국이 순식간에 말라서 보이지 않게 되었다.

조금 떨어진 곳에서 많은 목소리가 들려왔다. 전부 다 즐거워하는 목소리였다. 여름의 빛 같았다. 닿는 것 모두가 톡톡 터진다고 할까.

소란에서 멀어지자 이번에는 매미의 울음소리가 두드러졌다.

그 외에는 나뭇잎 스치는 소리가 났다.

쏴아아, 쏴아아.

초록빛이 흔들렸다.

"기분 좋네요."

응~ 하고 기지개를 켜며 타카미네가 말했다.

"여름이네."

"여름이네요."

햇볕에 탄 공기의 냄새를 바람이 휩쓸어 갔다.

슈퍼에서 사 온 주먹밥을 먹고, 알코올이 들어가 얼굴이 벌게진 대학생에게 붙잡혀 어째선지 바비큐를 배불리 대접받은 후, 또 10분쯤 걸어간 곳에 있는 온천에 몸을 담갔다.

이 지역에 사는 아저씨에게 붙들려 노천탕에서 30분쯤 관광지 강의를 받고 나오자 타카미네가 로비에서 과일 우유를 마시고 있었다.

긴 의자에 앉아 슬리퍼 신은 발을 까딱까딱 흔들고 있었다.

"많이 기다렸어?"

"아뇨. 저도 방금 나온 참이에요."

거짓말은 아닐 것이다.

뺨이 딱 보기 좋은 분홍색으로 물들어 있었다.

여전히 조금 촉촉한 머리는 풀고 있었고, 나와 똑같은 고등학교 체육복이 자그마한 몸을 감싸고 있었다. 다만 똑같은 체육복이어도 색은 달랐다.

내 체육복은 초록색이 베이스였고, 타카미네의 체육복은 파란색이 베이스였다.

리본이나 넥타이와 마찬가지로 학년에 따라 색이 정해져 있었다.

"아, 좋네. 맛있겠다. 나도 뭔가 마셔야지."

"추천해요, 과일 우유."

"그럼 그걸로 할까."

자판기에 동전을 넣고 타카미네와 똑같은 것을 선택했다. 그 후 허리에 손을 얹고 턱을 비스듬히 45도 정도 상승시켜 단숨에 마셨다.

꿀꺽꿀꺽 목을 울려 마지막 한 방울까지 마시고 푸하! 소리를 냈다. 수염처럼 윗입술에 묻었을 나머지를 손등으로 닦았다.

아아, 맛있다.

그 모습을 본 타카미네가 놀란 것도 같고 어이없어하는 것도 같은 목소리로 말했다.

"남자들은 왜 그렇게 호쾌하게 마시는 걸까요. 여자인 저는 「으잉?」 하게 돼요."

"남자의 미학이니까."

"요컨대?"

"여자는 이해할 수 없다는 거지."

"그렇군요."

"이해한다면서 호쾌하게 원샷하면 남자의 이상은 무너져."

"너, 너무 섬세하네요."

후후 웃은 타카미네는 5분의 1 정도 남은 우유를 천천히 다 마시고 빈 병을 케이스에 넣었다. 그리고 의자에서 폴짝 뛰어내렸다.

“그럼 돌아갈까요.”

“그래.”

밤바람을 맞으니 달아오른 몸이 알맞게 식었다.

“되게 좋아하는구나.”

“네?”

“과일 우유. 추천할 정도로.”

“아아. 네. 6년 전에도 여기서 마셨거든요. 맛있다며 사줘서.”

누가 사줬느냐는 멋없는 질문은 하지 않았다.

답은 하나밖에 없으니까.

예전에 타카미네를 이곳에 데려온 사람.

“그래서 마셨더니 정말로 맛있었고.”

“네. 홀딱 반해 버렸어요.”

카자마츠리 선배도 맛있게 마셨잖아요, 하고 어째선지 의기양양한 모습인 타카미네에게 「뭐, 그렇지」 하고 대답해 뒀다. 맛있었지, 과일 우유. 네, 아주 맛있었어요, 과일 우유.

그런 실없는 이야기를 나누며 둘이서 밤길을 걸어갔다.

벌레의 울음소리. 나뭇잎 스치는 소리. 우리의 발소리. 말소리. 웃음소리. 전부 제각각일 텐데 확실하게 조화를 이루어 신기하게도 잘 어우러졌다.

세상의 모든 것이 올바른 위치에 있는 것처럼 느껴졌다.

그대로 한동안 밤의 악단이 연주하는 소리에 귀를 기울이고 있으니.

"……생일은 같이 축하해 주겠다고 약속했었어요."

타카미네가 불쑥 말했다.

혼잣말처럼.

대답하든 안 하든 자유라는 것처럼 대화의 행방을 내게 맡겼다.

나는 그저 고개를 끄덕였다.

"응."

듣는 것을 선택했다.

"그랬는데 일이 생겨서 못하게 됐어요. 작년에도 그랬어요. 그전에도. 그 전전번에도. 약속은 해주는데 생일만큼은 같이 있어 주지 않아요. 사실은 무척 기대했고, 올해는 다를 거라고 기대하고, 하지만 못하게 됐다고 하면「네」하고 착하게 수긍하고, 괜찮다고 거짓말하고. 하지만 전혀 납득하지는 못해서, 그걸 직접 말할 수 없어서. 그게 슬프고 외로워서, 도저히 참을 수 없어서 가출했어요. 바보 같죠? 어린애 같아."

"가출하는 이유가 흔히 그렇지 뭐. 사람이란 남들한테는 하찮은 일로 가출하는 법이야."

"그런 법이에요?"

"그런 법이야. 그러니까 괜찮지 않을까? 너한테는 중요한 일이었던 거잖아."

단언해 뒀다.

타카미네는 재미있다는 듯이 작게 웃어 줬다.

"아아, 하지만 다른 날에 만회해주긴 해요. 놀이공원이라든가 캠프장이라든가. 텔레비전에서 보고 한번 가보고 싶다고 중얼거린 걸 기억했던 모양이라."

"뭔가 갑자기 남자 친구에 대한 불평을 듣는 모양새가 됐는데? 우리 지금 가출한 이유에 대해 말하고 있지? 가족 얘기가 맞는 거지? 난 그렇게 여기고 듣고 있어."

"선배, 저한테 남자 친구가 있다고 생각해요?"

"딱히 있어도 이상하지 않다고는 생각해."

"어째서요?"

"그야, 넌 평범하게 예쁘니까."

"아하하. 고맙습니다, 선배. 그런 점은 이로하 씨의 영향으로 솔직하죠. 하지만 안타깝게도 기회가 없어서 아직 누구와도 사귄 적 없어요. 아오랑 같이 있는 게 더 즐겁고, 사랑이라는 감정도 잘 모르겠고요. 아, 하지만 첫 키스는 로맨틱하게 해바라기밭에서 하고 싶어요. 그런 거 좋지 않아요?"

타카미네가 혼자서 점점 열을 올렸다.

아아, 타카미네도 역시 여자아이구나. 여자아이다운 여자아이라고 할까, 「장래 희망은 신부가 되는 거예요」 같이 소녀 같은 취향은 없을 줄 알았다.

멍하니 보고 있으니 시선을 알아차린 타카미네가 민망한 듯 갑자기 몸을 배배 꼬며 큼큼 헛기침했다.

"농담이에요. 아하하하."

방금 그건 괜히 쑥스러워서 얼버무린 거다.

얼굴도 조금 빨갛고.

그때, 타카미네가 갑자기 발을 멈췄다.

"왜 그래?"

내 물음은 무시하고 조금 무릎을 굽혀 눈높이를 낮췄다.

타카미네보다 몇 발짝 더 걸어간 곳에서 나도 발을 멈췄다.

"이제 됐어?"

타카미네의 목소리가 공기를 진동시켰다.

대답 대신 바람이 불었다.

"그렇구나. 그럼 이리 와."

달빛을 받고 있던 타카미네의 몸이 희미하게 반짝였다.

그 황금빛은 마치 달빛 그 자체 같았다.

빛이 사그라들자 열세 살의 타카미네 루리는 그곳에 없었다. 그곳에 있는 것은 나와 만나기 전의, 즉, 내가 모르는 여자아이였다.

열 살의 타카미네 루리.

체육복 소매도 기장도 완전히 남아돌고 있었다.

평소에는 크게 뜨여 있는 상냥한 눈이 지금은 좀 언짢은 듯 혹은 건방을 떨듯 부루퉁하게 가늘어져 있었다.

그 아이는 주위를 두리번거리는가 싶더니 서서히 시선을 멈추고.

"카자마츠리, 씨."

마치 명탐정이 범인을 가리키는 것처럼 손을 척 들고서 그렇게 불렀다.

나를 부르는 호칭이 또 바뀌어 있었다.

2

"그래서 오늘은 캠프장. 아니, 아직 못 돌아갈 것 같아. 응, 그렇지. 한동안 더 둘러대 줘. 미안. 그럼 끊는다. 아, 맞다. 잘 자."

상투적인 인사말로 마무리하자 어제와 똑같은 새된 목소리가 고막을 거칠게 진동시켰다.

내가 놀리고서 이런 말 하긴 뭐하지만, 귀가 따가웠다.

통나무집에 들어가니 초등학교 3~4학년쯤 되어 보이는 여자아이가 침대 위에 오도카니 앉아 있었다. 체육복 소매를 접어 올렸고, 지퍼도 끝까지 내려 둔 상태였다. 비치된 슬리퍼를 한쪽 발에만 걸고 까딱까딱 흔들고 있었다.

아까도 저러더니, 저게 재밌나.

"전화했어?"

"그래."

"누구랑?"

"미야노라고 알아? 미야노 아오이."

"미야노. 응, 알아. 같은 반이야."

그건 열 살 때를 말하는 걸까, 고등학생 때를 말하는 걸까. 아니면 둘 다일까. 초등학생 시절은 모르기에 나는 판단할 수 없었다.

"내 절친."

타카미네는 잠깐 말을 멈추더니.

"이 될 여자애."

그렇게 덧붙였다.

그리고 확인하듯 힐끔 시선을 들었다.

방금 한 말이 맞냐고 나한테 묻고 있었다.

그러고 보니 어젯밤에 말했었지. 기억은 남아 있지만 실감이 안 든다고. 텔레비전을 보고 있는 것 같다고.

즉, 지금 타카미네는 열 살 이후의 약 6년간의 나날을 꿈처럼 느끼고 있을 것이다. 막연해서 파악하기 어려운 꿈같이.

그런 불확실한 것을 어린 타카미네는 얼마나 믿을 수 있을까.

"그 녀석, 걱정하더라."

"미야노는 착하니까."

"네가 사랑하는 절친이니 말이지."

"그렇게, 되는 것 같아. 하지만 전혀 모르겠어. 왜냐하면 지금 나는 미야노가, 그러니까, 조금 불편한걸."

어안이 벙벙해졌다.

너무 놀라서 스마트폰을 떨어뜨리고, 발뼈에 맞아서 까무러칠 정도로 놀랐다. 세상 모든 사람이 그렇게 말하더라도 이 녀석만큼은 그런 말을 안 한 줄 알았으니까.

아아, 그나저나 발이 아프다.

무진장 아프다. 눈물 날 것 같다.

몸을 굽혀 발을 문지르며 울상으로 타카미네를 올려다보았다.

"왜 그런 말을 해?"

"왜 울려고 해?"

"아프니까 그렇지!"

"어, 응."

나도 모르게 버럭 소리 지르자 타카미네가 약간 움츠렸다.

타카미네의 눈에 눈물이 차올랐다.

혼났다고 느꼈을지도 모른다.

"아, 아니, 소리쳐서 미안. 화내는 게 아니야. 하, 하지만. 왜 그런 말을 해?"

"그치만. 훌쩍. 정말이란 말이야. 그거 알아? 미야노네는 생일에 늘 파티를 연대. 가족이 모두 모여서 케이크에 나이만큼 초를 꽂고 단숨에 끈대. 그리고 아직도 마마, 파파라고 불러. 집에 오는 게 조금만 늦어져도 엄마가 데리러 와. 집에 놀러 가면 상냥하게 웃으며 과자를 내줘."

"그럼 안 돼?"

"치사하잖아."

타카미네는 입술을 삐죽 내밀었다.

"치사해."

미야노는 아무런 잘못도 없는 일이었다. 하지만 당시 타카미네는 그런 미야노가 불편했다. 아니, 부러웠을 것이다.

그러나 어리기에 감정의 이름을 잘못 붙였다.

거북함, 불쾌함, 질투.

그런 감정은 형태와 색이 비슷하다.

질척하고, 구질구질하고, 더럽고, 토해 낼 수도 없어서.

가슴속에서 맥동하듯 욱신거린다.

아픔을 멀리하려 드는 것은 당연하다.

아픔을 좋아하는 사람은 없다.

나도 싫다.

혈액 채취 주사를 어느 팔에 맞을 거냐고 물어보면 안 아픈 쪽에 놔달라고 진지하게 즉답할 만큼 싫어한다.

하지만 사람은 커가면서 아픔을, 뭐, 완전히 참는 건 무리여도, 다소 참을 수 있게 된다. 어느 정도는 받아들이게 된다.

성장, 이라고 표현하는 건 너무 번드르르할까.

"그만하면 됐어. 그쯤 해둬."

일어나 타카미네 옆에 앉아서 머리를 쓰다듬어 줬다. 그리고 일부러 거칠게 쓰다듬어 머리를 헝클어뜨리자 뭐 하는 거냐며 타카미네가 싫어했다.

팔을 버둥거렸지만 슬쩍 피했다.

길이 차이는 역력했다.

물론 바로 멈춰 주지는 않았다.

"기억, 계속 이어지잖아. 언젠가 원래대로 돌아왔을 때, 사랑하는 친구를 자신이 그렇게 말한 것에 분명 상처받을 거야. 열다섯 살, 아니, 곧 있으면 열여섯 살이 되는 너는 그런 멋진 여자야. 이건 그런 너에게 주는 벌이야. 네가 너를 용서하는 데 필요한 일이야. 그러니까 감수해."

납득하지 못했는지 부루퉁하게 입을 다물고 있긴 했지만 그래도 반론은 없었다.

분명 타카미네 안에 있는 「앞으로의 기억」이 내 말을 옳다고 인식시켰을 것이다.

마지막으로 딱 한 번 상냥하게 쓰다듬고서 씩 웃었다.

“이만 자자.”

타카미네가 거실 침대에서 자고, 내가 다락방에서 대여용 침낭에 들어가 자기로 처음에 정했었다.

일어나려고 팔에 힘을 주자 스프링이 삐걱거렸다.

그 순간, 앞으로 실었던 체중이 뒤로 잡아당겨졌다. 자세가 불안정했던 탓에 그대로 다시 침대에 앉게 되었다.

타카미네가 내 셔츠 자락을 잡고 있었다.

“뭐하는 거야?”

“저기, 그게.”

물어보자 손을 홱 놓고 부스스해진 머리를 정돈하며 말했다.

“같이 자도 돼.”

기어드는 것 같은 작은 목소리였다.

자세히 보니 귀까지 빨갰다.

확실히 몸이 작은 지금의 타카미네라면 둘이서 충분히 잘 만한 공간을 확보할 수 있을 것이다. 맹세코 손대지도 않을 거고.

하지만, 그러나.

아무리 몸과 정신 연령이 열 살이라지만 여자 후배와 같은 침대에서 자다니. 그 현장이 발각되면 진심으로 화낼 여자를 두 명 정도 알고 있다.

오렌지 여자와 블루 여자.

그녀들의 얼굴을 떠올리니 귀찮다는 마음이 이겼다.

"너 말이다."

그렇게 말을 꺼내고 나서야 타카미네의 손끝이 떨리고 있다는 걸 눈치챘다.

아아, 그랬지. 지금 타카미네는 열 살 소녀다. 침구를 포함해서 불편한 점은 전혀 없지만, 평소와 다른 곳에 혼자 남겨지는 건 많이 불안할 것이다.

나는 다락 쪽을 가리켰다.

"봐, 나는 저기서 자고 있을 거야. 무슨 일 생기면 바로 내려올 거고."

타카미네는 고개를 숙인 채 아무 말도 하지 않았다.

얼마나 세게 잡고 있었는지 셔츠가 쭈글쭈글했다.

시곗바늘 소리만 들렸다.

시간만이 흘러갔다.

"하아."

결국 먼저 항복한 사람은 나였다.

어쩔 수 없이 침대의 절반을 비웠다. 툭툭 두드리자 이해했는지 타카미네는 작은 몸을 웅크려 누웠다.

담요를 배에 덮어 주고 나도 옆에 누웠다.

"그럼 옆에 있을 테니까. 푹 자."

"응. 저기, 카자마츠리 씨. 나 있지, 미야노가 불편하지만 싫진 않아. 언젠가 친해지는 날이 온다는 걸 알았을 때, 살짝 두근거렸어. 그것도 정말이야."

"그래, 알고 있어."

"응, 그럼 됐어. 안녕히 주무세요."

오늘도 작은 몸으로 신나게 놀았기 때문인지 금세 새근새근 귀여운 숨소리가 들려왔다. 그걸 느끼고 슬그머니 침대를 빠져나가려고 했지만 실패로 끝났다.

어린 타카미네의 작은 손이 소매를 단단히 잡고 있었기 때문이다.

"이래서야 어쩔 수 없네."

확실하게 변명하고서.

"잘 자, 타카미네."

나도 곧장 잠들어 버렸다.

물론.

토카 선배와 미야노에게는 절대 말하지 말자고 마음속에 확실히 새기는 것도 잊지 않았다.

3

열 살 타카미네의 눈에는 여덟 살 타카미네가 보였다.

고속버스를 타고 장시간 이동하는 건 남자인 나도 힘들었는데, 이동 중에 타카미네는 새근새근 평온한 숨소리를 내며 조용했다.

도중에는 아무런 문제도 일어나지 않았다.

기껏해야 배고프다는 타카미네에게 휴게소에서 딸기를 듬뿍 올린 크레이프를 사 준 것 정도였다.

"맛있어?"

"응. 맛있어."

진심에서 우러나온 말인지, 입가에 생크림을 덕지덕지 묻히며 작은 입에 크레이프를 가득 넣고 있었다.

보고 있으니 나도 입이 심심해져서 딸기맛 소프트아이스크림을 사 먹기로 했다.

그러자 타카미네가 자기가 먹던 크레이프를 내 쪽으로 쑥 내밀었다.

"먹어도 돼?"

"응."

맛있냐고 물어봤기 때문일까. 흐응, 귀여운 구석도 있잖아. 감사히 한 입 먹었다.

인근 목장에서 짠 우유를 듬뿍 넣었다는 크레이프는 쫀득쫀득했고, 적당한 단맛은 딸기의 새콤함을 부각하는 악센트가 되었다.

"정말 맛있네."

싱긋 웃고서 고맙다는 의미를 담아 그렇게 감상을 말했다.

그러자 이번에는 타카미네가 입을 벌렸다. 입가를 닦으라는 뜻일까. 휴대용 티슈로 닦아 주자 「으응」 하고 얼굴을 찡그린 후 그게 아니라며 화냈다.

"그럼 뭔데?"

“아이스크림. 나도 줬으니까 카자마츠리 씨도 줘.”

그저 소프트아이스크림을 먹고 싶었나 보다.

등가 교환이란 거다.

둘 다 내 돈으로 산 거지만, 뭐, 상관없나.

“자.”

“응.”

타카미네는 입을 아주 크게 벌려서 아이스크림의 3분의 1 정도를 베어 물었다. 나도 모르게 「아아!」 하고 비명을 지르자 「카자마츠리 씨, 고등학생이잖아」 하고 나무랐다.

그렇게 이동을 반복하며 우리는 계속 여행했다.

역시나 예전에 와봤다는 바다에 도착한 타카미네는 근처 가게에서 대여한 상하의가 분리된 수영복으로 갈아입었다.

나는 명받은 대로 비치볼에 열심히 공기를 넣었다.

“있지있지, 카자마츠리 씨. 이거 어울려? 반했어?”

타카미네가 여봐란듯이 그 자리에서 빙그르르 돌았다.

노출은 별로 심하지 않았다.

배가 조금 보이는 정도였다.

하의에는 프릴이 달려 있었다.

귀엽기는 했다.

애초에 본판이 좋았다. 문제는 나이였다. 열 살이어서야 관능미의 「관」자도 느껴지지 않았다. 결국은 초등학생이니까. 흥, 코웃음 쳤다.

6년 후에 다시 와라.

"잘 어울리지만, 섹시함이 없어서 반하진 않았어."

"역시 그런가. 고등학생인 나였다면 한 방에 넘어왔을까."

미래의 자신을 아는 타카미네는 평평한 가슴을 툭툭 두드리며 탄식했다.

이래서야 미야노랑 똑같다며 앞으로 절친이 될 여자아이를 가볍게 디스하기도 했다. 본인 앞에서는 그 말 절대 하지 마. 그 녀석, 진짜로 울 것 같으니까.

바다에서는 평범하게 놀았다.

물을 끼얹기도 하고, 모래사장에 글자를 쓰기도 하고, 모래성을 만들기도 하고.

물론 사진도 찍었다.

나뭇가지로 게와 싸우는 타카미네.

모래성에 구멍을 파는 타카미네.

둥실둥실 떠있는 비치볼에 매달린 타카미네.

빙수를 단숨에 먹고 머리를 부여잡는 타카미네.

어느새 세계의 파란색이 짙어지고 오렌지색으로 물들어 있었다.

바다가 햇빛을 반사했다.

바다 내음은 진했고, 하얀 날개를 가진 새가 나란히 하늘을 날아갔다.

새들의 그림자가 작열하는 모래 위를 달려갔다.

갑자기 타카미네가 그걸 쫓아갔다.

따라잡을 수 있을 리가 없었다. 타카미네의 맨발은 바닷물

氷

에 잠겼고, 점점 바닷속으로 가라앉아 이윽고 평상시 걸음보다도 느려졌다.

몸의 절반이 바다에 잠겼을 때, 타카미네의 발은 멈춰 있었다.

타카미네의 팔을 덧그린 물방울이 바다로 돌아가 작은 파문을 일으키고 사라졌다.

멈춰선 소녀 앞에는 여름의 구름이 있었다. 가슴을 쭉 펴고 똑바로 서서 여름의 왕 같은 얼굴로 떠 있었다.

언제까지고, 언제까지고, 타카미네는 하늘을 보고 있었다.

어느새 먹을 쏟은 것 같은 더 짙은 파란색이 세계를 물들이고 있었다.

할 일이 없어진 나는 옆에 있던 돌을 멀리멀리 던졌다. 돌멩이는 순식간에 하늘에 녹아들어 보이지 않게 되었다.

넉넉하게 3초가 지나고, 파도 소리 속에서 풍덩 소리가 났다.

물이 튀는 모습은 알 수 없었다.

그렇게 멈춰 있던 시간을 억지로 움직였다.

"타카미네, 안 추워?"

"응. 괜찮아. 그보다도."

철썩거리는 바닷물을 맞으며 돌아본 타카미네가 아하하하 웃었다.

잘 아는 후배의 웃는 얼굴과 똑같이 겹쳐 보였다.

"있지, 카자마츠리 씨. 여덟 살의 나를 잘 부탁해. 그리고 크레이프, 잘 먹었습니다."

새삼스럽다는 생각도 들었지만 「그래」 하고 대답해 뒀다.

열 살의 타카미네한테서 여덟 살의 타카미네에게로 바통이 넘어갔다.

빛의 감싸인 타카미네의 몸이 또 작아졌다.

그 순간 여덟 살의 타카미네가 발이라도 밟힌 것처럼 아악 하고 짧은 비명을 지르더니 흘러내리려고 하는 수영복을 황급히 끌어 올렸다.

웃는 얼굴이 갑자기 무섭게 변했다.

얼굴이 빨갰다. 햇볕에 타서 그런 건 아니었다.

"봐, 봤어?"

"뭐, 뭘."

"그러니까, 그, 내, 어, 어어, 엉덩이."

"안 봤어. 그리고 관심도 없어."

고개를 가로저었다.

실제로, 정말로, 신에게 맹세코, 누나에게 맹세코, 조금도 못 봤고, 관심도 없었다.

나는 로리콤이 아니다.

그리고 굳이 따지자면 엉덩이보다 가슴파다.

내 말을 안 믿는지 타카미네가 빤히 노려봤지만, 이것만큼은 증명할 방도가 없었다. 정말 진짜라고.

다른 마을의 작은 플라네타리움에서는 여덟 살에서 일곱 살이 되었고.

일곱 살이 되자 내 호칭이 또 변화했다.

「카자마츠리 씨」에서 「카자 군」으로.

플라네타리안이라고 불리는 해설자의 말에 귀를 기울이며 우리는 인공 별하늘에서 다양한 별자리를 찾았다. 타카미네의 별자리인 사자자리 사람은 적극적이고 독립심이 강한 리더 타입이 많다고 한다. 「Twilight」의 세 사람을 떠올리고 납득했다. 별자리점도 무시할 수 없다.

여섯 살의 타카미네가 데려간 곳은 열기구 축제였다.

수많은 열기구가 날아올라 점점 작아졌다. 푸른 하늘에 뜬 열기구가 햇빛을 가렸고, 그렇게 드리워진 그림자를 둘이서 쫓았다.

여섯 살이 된 타카미네는 판다나 펭귄처럼 캐릭터를 본뜬 열기구를 좋아했다. 밤이 되자 열기구에 오렌지색 조명이 켜졌다.

타카미네가 옆에 선 내 손을 꽉 잡았다. 굉장하네, 하고 중얼거렸다. 그러게, 하고 나도 고개를 끄덕였다. 캄캄한 강에 비친 빛은 별들처럼 아름다웠다.

여섯 살의 타카미네는 나를 「카자 오빠」라고 불렀다.

성격도 조금 순했다.

이번에는 다섯 살의 타카미네가 옆에 있다고 했다.

그렇게 우리의 여행에는 이런저런 일이 있었다.

물론 그런대로 사고도 벌어졌고, 싸우기도 했다. 하지만 언제나 손을 잡고 웃으며 우리는 여름의 시간을 힘껏 즐겼다.

가출 중이라는 것을 잊어버린 것처럼.

"자, 그럼."

여섯 살의 타카미네를 통해 다섯 살의 타카미네에게 물었다.
“다음은 어디로 갈 거야?”

✧

7월 31일.
“토카. 후배랑은 어때?”
“어떻긴 뭘 어때. 그냥 평범해. 응.”
언니의 병실에서 병문안 선물로 가져온 과자를 먹으며 그런 이야기를 했다. 얼마 전에 생긴 케이크 가게에서 사 온 녹차 슈크림과 커스터드 푸딩이었다.
짐은 이미 다 챙겼다.
이제 집에 가기만 하면 된다.
그래, 언니는 돌아가는 거다.
우리의 집으로.
둘 중에 뭐 먹을 거냐고 물으니 언니는 고민 끝에 슈크림을 골랐다. 소거법으로 나는 푸딩.
절반쯤 먹자 언니가 나를 불렀다. 그것도 맛있어 보인다. 그래그래, 알았어. 웃고서 스푼으로 푸딩을 떠줬다.
맛있다며 언니는 행복해했다.
대신 나도 입을 벌려 슈크림을 달라고 졸랐다.
고급스러운 쌉싸름함이 아주 훌륭했다.
쓴맛 뒤에 달콤함이 부드럽게 혀를 감쌌다.

우리는 자매였다.

이렇게 여러 가지를 공유했었다. 옷을, 과자를, 용돈을, 만화를, 시간을. 하지만 연애 이야기를 하는 건 처음이었다.

내 첫사랑이었다.

그건 푸딩보다도, 슈크림보다도 씁쓸하고 달콤했다.

“이 가게 맛있네. 토카, 또 사다 줘.”

“뭐~? 다음은 언니 차례야.”

“에이, 쪼잔하게.”

언니는 그렇게 말했지만 금세 생각을 고쳤는지 웃었다.

“아아, 하지만 그러네. 토카는 상심 중이지. 그래그래, 후배에게 차인 불쌍한 동생에게 언니가 푸딩 정도는 사줄게.”

“따, 딱히 차인 거 아니야.”

“흐응. 그렇구나~.”

언니는 히죽거리며 그렇게 말했다.

아아, 정말. 완전히 놀리고 있었다.

3년 만에 깨어난 언니가 지금 가장 관심 있어 하는 것은 전 세계에서 일어난 사건들이나 만화의 다음 내용, 세간의 유행 같은 게 아니라 동생의 연애사인 모양이었다.

“아아~ 하지만 아쉽다. 오랜만에 후배 군을 보고 싶었는데. 도저히 못 온대? 내가 퇴원하는 날이잖아. 이건 나중에 잔뜩 설교해야겠어.”

“응. 중요한 일이 있대.”

어젯밤, 토와 군한테서 전화가 왔다.

일이 생겨서 타카미네와 함께 멀리 나와 있다고 했다. 아직 돌아갈 수 없을 것 같아서 약속을 깨게 됐다고.

그렇게 말하며 내가 미안해질 만큼 사과했다.

토와 군은 모른다.

이럴 때 순순히 사과하면 더 괴롭다는 걸.

그러면 원망 한마디 할 수 없다는 걸.

하지만 그런 부분도 포함해서 어쩔 수 없다는 생각이 드는 걸 보면, 먼저 반한 사람이 지는 거라는 말은 정말이었다. 그걸 새삼 통감했다. 토와 군이 이유도 없이 약속을 깨는 남자가 아니라는 것도 알고 있고.

뭐, 마음이 편치는 않지만.

「어째서 타카미네와」 라는 생각은 했지만.

그런 건 가슴속에 넣어 뒀다.

진짜배기 질투는 귀엽지 않다.

무엇보다 한번 말하기 시작하면 멈추지 않을 것 같아서 조금 무서웠다.

"중요한 일이라니, 너보다 더?"

"언니!"

소리치자 내 감정에 호응한 것처럼 선반 위에 뒀던 스마트폰이 진동했다. 화면에는 바로 지금 이야기한 남자아이의 이름이 표시되어 있었다.

단지 그것만으로도 기뻐지니 사랑에 빠진 여자는 참 단순하다.

그리고 아주 싸게 먹힌다.

300엔이나 하는 수제 푸딩을 먹는 건 최고지만, 그의 목소리에 귀를 기울이는 편이 훨씬 즐겁다.

무의식적으로 웃은 내 얼굴을 본 언니의 눈에 장난기가 깃들었다. 하지만 어쩔 수 없었다.

아무리 얼굴에 힘을 주려고 해도 기쁜 건 기뻤다.

내가 이렇게 웃을 수 있게 만들어 준 아이.

나중에 잔뜩 놀림당할 것을 각오하며 나는 언니에게 등을 돌리고 통화 버튼을 눌렀다.

"토카 선배야?"

"물론이지. 그쪽은? 토와 군이야?"

"물론이지."

그리고 둘이서 키득키득 웃었다.

별것 아닌 대화인데 왜 이렇게 즐거울까.

상대가 토와 군이라는 것만으로도 가슴이 뛰었다.

"그렇구나. 안녕, 토와 군. 너는 지금 어디 있어?"

"어딘가의 시골? 농가 민박이란 걸 하고 있어."

"농가 민박?"

생소한 단어였다.

목소리 톤으로 이해하지 못했다는 게 전해졌는지 토와 군이 간단히 설명해줬다.

"이 근처에는 호텔이 전혀 없어서 가정집에서 그런 걸 한대. 농가에 묵으며 시골 생활을 체험하는 그런 거. 슈쿠세이시는 명함도 못 내밀 만큼 시골이거든. 주변이 다 논이야. 그 주위를 산이 빙 둘러싸고 있고. 분지 같은 지형이려나."

"흐응. 잘 모르겠지만, 네가 건강하다면 나는 좋아. 그런데 왜 전화했어?"

"아, 그랬지, 참. 아직 히나 씨의 병실에 있어?"

"응. 지금 둘이서 간식 먹고 있어."

"그렇구나. 아니, 축하하러 못 가니까 적어도 전화로 인사 정도는 해야겠다 싶어서."

"굳이 그러지 않아도 됐는데."

"정말 안 그랬으면 삐졌을 거면서. 나 선배한테 혼나기 싫어."

"그렇게 항상 화내진 않잖아."

"아니, 최근에는 자주 화내."

"음~ 그런가?"

자각이 전혀 없었다.

나는 최근 자주 화내나. 으음. 조심하자. 칼슘이 부족한 걸지도.

아니, 잠깐만. 아아, 그런가. 틀렸다.

있지, 토와 군.

분명 내가 화내는 건 네가 그만큼 내 중심에 있기 때문이야.

내가 화낼 만큼 감정을 보일 수 있는 사람은 정말로 드무니까.

부끄러워서 말은 못 하지만.

대신 스마트폰을 쥔 손에 힘을 꽉 줬다. 그럼으로써 내 마음이, 힘이, 열이 목소리를 통해 조금이라도 그에게 전해졌으면 했다.

"그렇다니까."

하지만 토와 군은 쾌활하게 웃을 뿐이었다.

아무래도 전혀 전해지지 않은 것 같았다.

하지만 덕분에 이렇게 전화를 받게 됐으니까 좋은 게 좋은 거라고 생각하자. 여름 방학에 토와 군의 목소리를 들은 것만으로도 럭키다.

"그럼, 언니 바꿔줄게."

"응."

스마트폰을 언니에게 내밀었다.

"언니, 전화."

"나?"

언니는 자신을 가리키며 고개를 갸웃했다.

"응. 토와 군이 인사하고 싶대."

"동생을 자기한테 달라고?"

황급히 송화구를 막았다. 방금 그거 들렸을까? 안 들렸을까? 못 들었다면 좋겠는데. 아아, 하지만.

전부 듣는 건 안되지만 조금이라면 들리는 게 나을지도.

토와 군은 여자의 호의에 아주아주 둔감하니 말이다. 아니, 어쩌면 아직 「사랑」이라는 감정을 몰라서 그런 걸지도 모르지만.

아주아주아주 시스콤이니까.

"아하하! 토카도 참. 얼굴 새빨개졌어. 귀여워라~."

"아, 정말! 그럴 거면 안 바꿔 줄 거야."

"농담이야. 미안, 토카. 미안하대도. 전화 주세요."

"이상한 말 하지 마."

찌릿 노려보며 못을 박았다.

"알았다니까."

영 믿음이 안 갔지만 그래도 스마트폰을 언니에게 넘겼다. 그러자 이제 나는 두 사람의 대화를 들을 수 없었다.

얌전히 의자에 앉아 푸딩을 계속 먹기로 했다. 한 입 먹었다. 달았다. 맛있었다. 맛은 변하지 않았을 터다.

하지만 눈앞에서 펼쳐지는 언니와 토와 군의 대화에 온 신경이 쏠렸다. 맛이 희미했다. 아니, 느껴지지 않았다.

"아하하하. 응. 일부러 전화해줘서 고마워."

"—."

"응? 아, 그럼. 또 놀러 와. 토카도 좋아할 거야. 무엇보다 내가 기뻐."

"—."

아아, 이 느낌은 뭘까.

간질간질하달까, 떨떠름하달까.

이상한 느낌이다.

즐거워 보여서 살짝 질투가 나지만, 상대가 언니라서 그런지 조금 낯간지럽기도 했다.

"그럼 토카가 아까부터 나를 빤히 노려보고 있으니까 이쯤에서 끝낼게. 오늘은 정말 고마워, 후배 군. 아, 그렇지. 다음에 나한테도 과자 만들어 줘. 들었어~ 요리 잘한다며? 아무

렴, 많이 들었지."

그리고 언니는 마지막으로 나를 보더니 히죽 웃었다.

장난칠 때 짓는 표정이었다.

"왜냐하면 토카가 매일 후배 군 얘기밖에 안 하는걸."

가슴이 철렁했다.

허둥지둥 스마트폰을 뺐었다.

"언니, 이상한 말 하지 말랬잖아."

"딱히 이상한 말은 아니다, 뭐~."

"언니!"

"그래그래. 그보다 후배 군을 내버려 둬도 돼?"

맞다, 전화.

황급히 귀에 댔다.

"여, 여보세요? 토와 군, 방금 한 말에 딱히 이상한 의미는 없어."

"이상한 의미?"

어리둥절한 목소리였다.

아아, 토와 군은 아무것도 모른다.

안도했지만 조금 아쉽기도 했다.

"아무것도 아니야. 그럼 너도 바쁠 테니까 끊을게. 전화해 줘서 고마워."

"아, 잠깐만 기다려 줘. 토카 선배."

"왜?"

"축하해."

"응?"

"퇴원 축하한다고."

"딱히 내가 퇴원하는 건 아닌데."

"그 정도는 알아. 토카 선배가 그 누구보다 오늘을 기대했다는 것도 알고. 그러니까 축하해."

아까보다도, 조금 전보다도 훨씬 더 가슴이 뜨거워졌다. 나는 셔츠의 가슴께를 꽉 쥐었다.

그러지 않으면 말도 제대로 할 수 없을 것 같았다.

토와 군의 배려가 순수하게 기뻤다.

"고, 고마워."

"응. 그럼 다음에 봐."

"다음에 봐."

그리고 스마트폰 화면이 새까맣게 물들었다. 뭉클한 여운에 잠겨 있던 중, 언니가 말했다.

"잘됐네."

"왜?"

"그야 너 엄청 기뻐 보이는걸."

"어째서 언니는 그렇게 놀리는 거야?"

"조금 진지한 얘기를 하자면 지금까지 너는 투정을 부리는 것도, 삐지는 것도, 질투하는 것도 전부 나한테만 했잖아?"

"물어봐도 나는 모르겠는데."

"아니, 나한테만 그랬어. 그게 기뻤어. 하지만 동시에 조금 아쉬웠어. 본연의 너는 아주 귀여운데 그걸 세상에서 나 혼자

독점하는 건 아깝다고 생각했어. 그래서 네가 그렇게 이야기하는 남자아이가 나타난 게 무척 기뻤어. 그리고 보고 있으면 행복한 기분이 들어. 왜냐하면 후배 군의 이야기할 때의 너는 아주 예쁘거든."

뭐라고 대답하면 좋을지 알 수 없었기에 남은 푸딩을 전부 먹으면서 시간을 벌었다. 마음의 태세를 갖췄다.

언니의 수중에 있던 슈크림은 한참 전에 언니의 배 속으로 들어간 상태였다.

잠시 후, 싹 비운 컵을 쓰레기통에 버리고 마침내 나는 일어났다. 그리고 말했다.

"그럼 돌아갈까."

또 오겠다는 인사가 아니라 집에 돌아가자고.

사실은 토와 군이 말한 것처럼 줄곧 듣고 싶었다.

언니의 「다녀왔어」라는 말을.

그리고 말하고 싶었다.

「어서 와」라는 한마디를.

마침내 평범한 나날을 손에 넣었다.

언니는 놀란 토끼 눈이 됐지만 금세 웃었다.

"그래. 돌아가자."

남은 짐을 전부 넣은 특별할 것 없는 가방으로 언니가 손을 뻗었다. 빨간 바탕에 귀여운 분홍색 라인이 들어가 있어서 딱 봐도 여자아이의 가방이었다. 몇 년이나 전에 산 거라서 조금 유치하기도 했다.

이제는 나도 언니도 이런 가방은 안 사겠지.
언니는 빵빵한 가방을 조금 무거운 듯 들었다.
"잊어버린 건 없어?"
그렇게 묻고 나서 깨달았다.
아, 하고 소리를 냈다.
언니가 왜 그러냐고 물었지만 아무것도 아니라고 대답해 뒀다. 잊어버린 게 하나 있었다.
하지만 언니한테는 비밀이다.
왜냐하면.

토와 군과 만날 약속을 잡는 걸 잊어버렸다.

그렇게 말하면 또 놀리기나 할 테니까.

4

"전화, 끝나써?"
통화를 마치자 내 다리에 돌격해 오는 녀석이 있었다. 으헉. 명치에 클린 히트하여 라이프 포인트가 쭉 까였다.
하지만 그 아이는 자신의 행동이 어떤 피해를 줬는지 모르는 것 같았다. 어딘가 태양과 닮은 천진난만한 웃음을 짓고 있었다.
여섯 살의 타카미네였다.

앉으라는 듯 셔츠 자락을 잡아당겨서 그대로 민가의 툇마루에 앉았다.

지금 우리는 토카 선배에게 말했듯이 농가 민박이란 것을 체험 중이었다.

그린 투어리즘이라고 부르기도 하는 모양이다.

옛날 영화의 주인공이 여름 방학에 가는 시골 할머니 댁 같이 오래된 민가에서 숙박하며 시골 생활을 체험하는 것이라고 한다.

그런 설명을 들었지만 자세히는 몰랐다.

여관을 찾아 헤매다가 민박이라는 간판을 발견하고 급하게 묵게 되었기 때문이다. 시기에 따라서는 모내기나 추수, 대나무 공예도 체험할 수 있다고 민박 주인인 토요 씨가 말했다.

연세는 73세로, 작년에 남편을 먼저 보내고 나서 혼자 살고 계신다고 했다.

사람 좋아 보이는 할머니였다.

타카미네가 내 무릎 위로 영차영차 올라와 그 좁은 공간에 쏙 들어갔다.

볼을 콕 찌르자 말랑말랑한 탄력에 손가락이 밀려 나왔다.

말랑, 말랑.

어린아이의 찹쌀떡 같은 볼은 놀랍도록 말랑말랑해서 한없이 그러고 있을 수 있을 것 같았다.

하지만 당하는 쪽은 참기 힘들었던 모양이다.

"시러!"

타카미네가 짜증스레 팔을 휘저었다.
"시러! 카자 오빠. 시러. 그러면 안 되자나."
그렇게 말하니 나도 어쩔 수 없었다.
"미안."
얌전히 고개를 숙이자 벌이라는 것처럼 딱밤을 날렸다.
은근히 아팠다.
아픔을 견디는 나를 아이답게 깨끗이 무시한 타카미네는 내 손에 스카프를 쥐어 줬다. 이게 뭐냐는 눈으로 보고 있으니 타카미네가 자기 머리를 가리켰다.
묶으라는 뜻인가 보다.
이번에는 평소와 달리 사이드 포니테일로 묶으라고 했다. 여기를 이렇게, 이쪽을 이렇게, 하고 정확한 지시가 떨어졌다.
나는 그래그래 하고 순종적으로 손을 움직였다.
"……아까 누구랑 전화해써?"
"궁금해?"
"카자 오빠, 기쁘게 웃었어."
"그렇게 웃었어?"
짚이는 구석은, 확실히 있지만.
아마 히나 씨가.

『왜냐하면 토카가 매일 후배 군 얘기밖에 안 하는걸.』

하고 말했을 때다.

왠지 굉장히 기쁘고 동시에 부끄러워서.

전화 너머에서 부산스럽게 허둥대는 소리를 들으며 심호흡을 했었다. 동요가 전해지지 않도록 노력했는데 괜찮았을까. 아무것도 아니야, 하고 토카 선배는 말했지만.

그렇게 회상하고 있으니.

"봐, 또 웃고 이써."

타카미네의 몸이 바람에 흔들리는 들꽃처럼 좌우로 살살 흔들렸다. 머리 묶기 힘들었기에 몸을 가까이 붙여 고정시켰다.

그런 행동조차 즐거운지 까르르 웃었다.

"혹시 아오이?"

"아니. 토카 선배, 라고 하면 알아?"

"알아. 고등학교 선배. 아하하하. 그런가. 아오이가 아니구나. 아쉽다."

"그러고 보니 지금 너는 미야노를 어떻게 인식하고 있어?"

"인식?"

"아아, 이해 못 하려나. 음. 어떻게 생각하냐는 거야."

열 살 타카미네는 조금 불편하다고 했었는데.

"어어. 아오이는, 아직 만나 본 적 없지만, 아주 귀여운 여자애야. 착한 아이. 바른 아이. 내가 어쩌지 싶을 때 도와줘. 혼자 있으면 말을 걸어 줘. 나도 그런 아이가 되고 싶어."

"만나 본 적 없어?"

"응. 만나는 건 초등학교 3학년이 되고 나서."

"그럼 만나는 게 기대되겠네."

"싸우기도 하지만, 친해져. 사랑하게 되고, 사랑받게 돼."

"그런가. 좋아, 다 됐다. 어때?"

"안 보여."

그렇게 중얼거린 타카미네는 주머니에서 손거울을 꺼내 좌우로 얼굴을 돌려 보더니 「응」 하고 고개를 끄덕였다. 검지와 엄지로 동그라미를 만들어서 오케이.

이런 모습을 보면 어려도 여자아이구나 싶다.

"어머나. 너희는 정말로 사이가 좋구나."

"토요 할머니."

목소리가 들린 곳을 돌아보니 타카미네가 말한 대로 토요 씨가 있었다.

타카미네가 벌떡 일어나 토요 씨에게 쪼르르 다가갔다. 그대로 앞치마에 얼굴을 푹 묻으며 안겼다.

무척 잘 따랐다.

"머리 예쁘게 묶어 줬네. 오빠한테 감사해야겠어."

"감사?"

"「고마워요」 하고 말하는 거야."

"응. 고마워요, 할 거야."

타카미네가 고개를 끄덕거렸다.

"아유, 착해라. 아, 그렇지. 루리. 말한 대로 올이 풀린 부분만 고쳤는데, 이 정도로 괜찮은 거니? 더 예쁘게 만들어 줄 수 있어."

"아냐. 이거면 돼. 토요 할머니, 고마워요."

"그래. 천만에."

그렇게 타카미네가 받은 것은 네 살 소녀에게 새로운 가족과 함께 주어진, 아니, 남겨졌다는 너덜너덜한 부적이었다.

"아, 죄송합니다. 너 어느새 그런 걸 부탁한거야."

"괜찮아. 이 나이가 되면 누군가에게 부탁받는 게 기쁘거든."

"그런가요?"

"그러니 신경 쓰지 않아도 돼. 아, 그렇지. 안에 이게 들어 있었는데, 다시 넣어 두는 편이 좋았을까?"

토요 씨가 다 해진 종이 한 장을 내밀었다. 종이는 두 번 접혀 있었는데, 끝이 전혀 맞지 않고 어긋나 있었다.

조심하지 않으면 바로 찢어질 것 같았다.

천천히 펼치자 안에는 단 한마디.

「Shule Aroon」

이라고만 적혀 있었다. 이거, 슈레 아룬이라고 읽는 걸까. 의미는 고사하고 어떻게 읽는지도 알 수 없었다. 애초에 어느 나라 말이지?

그대로 타카미네에게 돌려줬다.

"타카미네, 이거 뭐라고 적혀 있는 거야?"

"몰라. 하지만 부적이야. 그렇게 말했어. 그러니까 가지고 있을 거야. 고이고이 넣어둘 거야."

타카미네는 접힌 자국대로, 즉, 전혀 깔끔하지 않은 조잡한 방식으로 두 번 접어서 흐물흐물한 종이를 너덜너덜한 부적 속에 넣었다. 그 손길은 아주 조심스러웠다. 마치 보석이라도 다루는 것 같았다.

그 모습을 빤히 보고 있으니 토요 씨가 손뼉을 쳤다.

많은 시간을 살아 온 사람의 주름진 손이었다.

할아버지의 손과 조금 비슷했다.

“좋아. 그럼 조금 이르지만 저녁밥을 먹자. 다 먹고 나서 루리에게 유카타를 입혀 줄게. 손주가 입었던 게 있으니까. 토와 군은, 그래. 조금 예스럽지만 우리 남편 옷을 입어 줘.”

“아니에요. 저는 셔츠랑 청바지면 돼요.”

“안 돼. 모처럼 즐기는 여름 축제잖아. 축제 보려고 온 거지? 유카타 데이트 하고 오렴.”

“데이트.”

그 단어를 듣고 타카미네의 눈이 반짝거렸다.

작은 주먹을 꼭 쥐고서 콧김을 흥 내뿜었다.

그걸 보고 토요 씨가 「봐, 이렇게 기대하고 있잖니」 하고 장난스럽게 말했다. 귀엽게 윙크하는 모습은 아주 매력적이어서 일흔이 넘은 할머니라는 생각이 안 들었다. 타카미네처럼 눈을 반짝거리고 있기 때문일지도 모른다.

이렇게 되면 내게 결정권은 없었다.

“그럼 빌리겠습니다. 감사합니다.”

“그래. 입어 줘. 유카타도 분명 입어 주는 걸 기뻐할 테니까.”

역시나 가벼운 발걸음으로 토요 씨는 장롱이 있을 안방으로 들어갔다.

저녁 여섯 시경.

오렌지색 세계가 점차 밤으로 옷을 갈아입을 무렵.

우리의 눈앞에는 선명한 그라데이션이 펼쳐져 있었다.

빨간 선이 산의 능선을 덧그렸고, 시선을 들자 희끗희끗한 파란색이 짙어졌다. 구름은 아랫배에 빨강을 품고 등에 밤을 지고 있었다.

그런 가운데, 아직 밤이 옅은 서쪽에 제일 먼저 뜬 별이 반짝이고 있었다.

"뭔가 설레네."

"응!"

토요 씨의 도움을 받아 하얀 바탕에 나팔꽃과 금붕어가 그려진 유카타를 입은 타카미네는 신난 모습이었다. 여름 축제~ 여름 축제~ 하고 아까부터 묘한 가락을 붙여서 노래하고 있었다.

게다 소리를 따각따각 크게 울리며, 여름 축제가 열린다는 하천 부지로 향했다.

오늘은 한층 더웠기 때문인지 여름 냄새가 아주 짙었다.

설렘이라고 할까, 두근거림이라고 할까.

그게 밤의 달콤한 냄새에 섞여, 멀리서 들리는 북소리와 함께 기분을 고양시켰다.

"여름 냄새가 진해."

"여름 냄새?"

타카미네가 작은 코를 킁킁거렸다.

"모르겠어?"

"소스랑 마요네즈가 타는 냄새?"

"무슨 소리야?"

웃으며 대답하자 타카미네가 「저기」 하고 멀리 보이는 노점 하나를 가리켰다.

그리 많지 않은 노점 중 한 곳에서 달궈진 철판에 오코노미야키를 굽고 있었다. 점주가 익은 반죽에 소스와 마요네즈를 빠르게 사선으로 뿌리자 치이익 소리와 함께 맛있는 냄새가 바람에 실려 왔다.

타카미네가 츄릅 소리를 냈다.

"먹고 싶어?"

"응."

"아까 밥 먹었잖아."

"괜차나. 들어가."

아니, 배가 비었는지를 걱정하는 게 아니라.

"뭐, 상관없나. 500엔까지야."

그렇게 말하자 타카미네는 고개를 좌우로 휘휘 저었다.

그리고 토요 씨에게 빌린 주머니가방에서 자기 지갑을 꺼냈다.

물론 고등학생인 타카미네의 물건이기에 초등학생이 들고 다니기에는 조금 어울리지 않는 디자인이었다.

"내가 살 거야."

"살 수 있겠어?"

"응. 500엔으로는 모자라. 더 먹고 시퍼."

아무래도 그게 본심인 것 같았다.

"좋아. 그럼 사 와. 보고 있을게."

"응."

타카미네는 주먹을 꼭 쥐어 괜찮다고 어필한 후 투다다 뛰어갔다. 그러다 넘어질 뻔했지만 어떻게든 버티고 나를 슬쩍 돌아보았다.

불과 몇 초 전에 그렇게나 자신만만하게 굴어 놓고 넘어질 뻔한 것이 창피했는지.

아하하하, 하고 멋쩍게 웃었다.

조심하라고 말하자 타카미네는 「응」 하고 고개를 끄덕이고서 다시 앞으로 뛰어갔다.

노점의 전등빛을 받아 오렌지색으로 물드는 작은 등을 천천히 쫓아가기로 했다.

따각, 따각.

나막신 소리가 즐겁게 울렸다.

축제 음악에 추임새를 넣는 것 같았다.

"굉장하다. 그치? 카자 오빠."

노점에서 솜사탕이 만들어지는 모습을 홀린 듯 바라보다가

「어라?」 하고 고개를 갸웃했다. 당연히 옆에 있을 줄 알았던 사람이 없었기 때문이다.

유카타 소매를 잡아당기려고 했던 손이 허공을 잡았다.

그 순간, 카메라 렌즈가 쭉 멀어지는 것처럼 세상이 멀어졌다. 다채로운 전등도, 주황색 등롱도.

북소리와 사람들의 말소리도.

하는 수 없이 텅 빈 손으로 유카타의 가슴께를 잡았다.

그 손에 땀이 맺혔다. 머리의 땀샘이 활짝 열리고, 체온이 그리로 새어 나가는 것처럼 추워졌다. 여름인데 뼛속이 시렸다. 싫은 느낌이었다.

호흡이 점점 빠르고 깊어졌다.

"카자 오빠, 어딨어?"

당연한 일이지만, 떨리는 목소리로 불러도 대답은 없었다.

길 한복판에 우두커니 선 나를 다들 걸리적거린다는 것처럼 피해 갔다.

조금 전까지 똑같이 축제를 즐겼던 사람들의 얼굴이 갑자기 전부 가면처럼 보였다. 밝게 축제를 꾸미던 말소리가 어둡고 낮게 들려서 마음의 안개를 증폭시켰다.

갑자기 홀로 남겨진 세계에서 내 곁에 있는 유일한 것은 다섯 살(환상)의 나였다.

불안해하는 내 모습이 새까만 눈동자 속에 담겨 있었다.

"가지 마."

나도 모르게 말을 걸었다.

하지만 그 아이는 고개를 앞으로 휙 돌리더니 인파 속으로 사라졌다. 허둥지둥 쫓아갔다. 이대로 있으면 정말로 외톨이가 되어 버린다.

그건 싫다.

혼자는 무섭다.

나는 남겨지는 공포를 알고 있었다.

왜냐하면 그날.

네 번째 생일에, 나는 한 번 혼자가 됐었으니까.

"기다려, 기다려 줘. 싫어."

아픔이 눈물로 변해 차올랐다.

세상이 일그러졌다.

필사적으로 닦고, 닦고, 다리가 아파도, 무서워도, 그래도 그저 눈앞의 작은 등을 쫓아갔다.

앞으로 뻗은 손이 아이의 어깨에 닿은 순간.

빛이 몸을 감쌌다.

그리고 우리는 하나가 되었다.

아아, 꿈이다.

다섯 살 때 꿈.

멋대로 재생되는 비디오처럼 기억이 점점 선명하게 흘러들었다.

다섯 살인 내 옆에 「그 사람」이 있었다.

타카미네라고 불렸던 남자였다. 딱 봐도 고지식하게 생긴 사람이었다. 융통성이 없을 것 같다고 할까.

안경도 딱 그런 느낌의 검은 사각테 안경이고.

그 사람이 「루리」 하고 나를 불렀다.

응? 하는 느낌으로 나는 그 사람을 올려다보았다.

『배고프지? 뭔가 먹을까? 먹고 싶은 거 있어?』

『타코야키.』

그 사람은 그대로 내 손을 잡고 무섭게 생긴 아저씨가 팔던 타코야키를 샀다.

따끈따끈한 타코야키는 겉이 바삭했고, 깨물자 안에서 부드러운 반죽이 주르륵 흘러나왔다. 아삭아삭한 파와 어우러져서 식감이 즐거웠다. 문어도 큼직했다.

맛있어서 나도 모르게 웃자 그 사람도 드물게 미소 지었다.

안경 너머의 눈은 가늘고 상냥했다.

얼굴을 새빨갛게 만들며 후우후우 불어 식히고 그중 하나를 그 사람에게 내밀었다.

『주는 거니?』

『응.』

『고맙다.』

그대로 한입에 먹고서 앗뜨거 하고 말했던가. 어른인데, 남자인데 조금 울 것 같은 얼굴이었다.

그걸 보고 걱정됐다.

나는 실수한 걸까.

혼날까.
버려질까.
그래서 황급히 물었다.
그날, 우리가 만난 날 물어봤던 그 질문을.
한 번 더.

『당신은 누구예요?』

어떤 대답을 들으면 안심했을까. 그건 모르겠다.
다만 묻지 않을 수 없었다.
나와 당신의 관계는 뭐냐고.
당신은 나의 뭐냐고.
『그날도 물어봤었지.』
『응.』
『내가 뭐라고 대답했는지 기억하니?』
『응.』
『내가 뭐라고 했지?』
질문에 답했다.

『「그건 네가 정하는 거란다」라고 했어.』

아아, 그랬다.
생각났다.

확실하게 대답해주지 않았었다.

어쩌면 그건 무엇보다도 성실한 대답이었을지도 모른다.

하지만 아직 어려서 스스로 아무것도 정할 수 없는 아이였던 나에게 그건 가장 잔혹한 대답이었음을 그는 모른다.

어른은 답을 낼 수 있지만, 아이는 답을 배우는 생물인데.

『그랬지. 1년간 같이 살아 보니 어땠니? 나는 너의 「무언가」가 되었을까?』

나는 대답할 수 없었다.

뚝 소리가 나며 기억은 갑자기 끝났다.

축제의 소란스러움이 돌아왔다.

웅성웅성, 웅성웅성.

거기까지 떠올리고 나는 알았다. 그 질문의 답은 당연히 내 「과거」에 있을 줄 알았다.

기억을 더듬는 여행을 떠나 골인 지점에 도달하면 거기에 전부 있을 줄 알았다.

질문했으니까 확실한 대답을 들었을 거라고, 애매모호하게 낙관적으로 여기며 사고를 멈췄다.

하지만 아니었다.

나는 아직 답을 받지 못했다.

하지만 그럼 그 사람은 나의 무엇일까. 답은 어디에 있을까. 아니, 애초에 나는 어떤 답을 바랐을까.

내게 정하는 거라고 해도, 그런 거.

"—모르겠어!"

그걸 알면 이러고 있지 않았다.

카자 오빠에게 폐 끼치며 며칠이나 여행하고.

모르겠어. 모르겠다고!

그러다 누군가와 부딪쳐서 앞으로 넘어졌다.

무심코 앞으로 내민 손이 까졌고, 할머니가 예쁘게 입혀 준 유카타에 흙이 묻었다. 아프고 분하고 비참한 기분이 번졌다.

몸이 다섯 살로 돌아가 있었다.

주머니가방에서 튀어나온 볼품없는 부적이 땅으로 떨어져 나는 입술을 세게 깨물었다. 불현듯 그림자가 나를 덮었다.

그 앞에, 네 살의 내가 서 있었다.

새 원피스를 입고, 아끼는 인형을 들고 있었다.

그 아이가 내게 물었다.

"있지. 그 사람은 누구야?"

답은 대체 어디에 있을까.

5

그걸 알아차린 것은 북 연주를 보고 있을 때였다.

내 또래 녀석들이 많은 사람 앞에서 기죽지도 않고 훌륭하게 북채를 놀리고 있었다. 둥! 둥! 묵직한 소리에 피부가 찌르르 떨렸다.

호오, 하고 나도 모르게 감탄의 한숨을 쉬었다.

참 훌륭했다.

"타카미—."

하지만 말은 끊어졌다.

옆에 있는 줄 알았던 소녀의 모습이 어디에도 없었기 때문이다. 순식간에 등골이 오싹해지고 식은땀이 줄줄 흘렀다.

"어이, 어이어이어이어이! 그 녀석, 어디 간 거야?"

아아, 입 안이 바짝 말랐다.

점점 불길하게 커지는 심장의 고동을 부추기듯 북소리가 울렸다.

—둥, 둥!

—둥, 둥!

심장이 아팠다.

아주아주 아팠다.

"젠장! 진짜냐."

그걸 신호로 뛰기 시작했다.

달리고, 달리고, 계속 달렸다.

그렇게 겨우 찾은 타카미네는 또 조금 어려져 있었다.

여섯 살에서 다섯 살로.

노점의 그늘에 숨듯 작게 몸을 웅크리고 있었다. 중력을 거스를 기력조차 없는 것처럼 시선이 내려가 있었다.

그 눈은 흐리멍덩하여 마음을 잃어버린 것 같았다.

심호흡을 하며 거칠어진 숨을 골랐다.

폭포수처럼 흐르는 땀을 닦았다. 그래도 땀은 계속 흘렀다. 심장에 세차게 흐르는 피의 뜨거움을 느끼며 나는 타카미네에게 다가갔다.

타카미네의 웅크린 몸이 내 그림자에 덮였다.

허리를 굽혀 시선을 맞췄다.

"괜찮아?"

대답은 없었다.

"한눈팔아서 미안해."

대답은 없었다.

"정말로 미안."

고개를 숙이자 마침내 타카미네의 초점이 내게 맞았다.

있지, 하고 타카미네가 코맹맹이 소리를 냈다.

"생각났어. 내가 「그 사람」에게 당신은 누구냐고 물었을 때의 일이."

"뭐?"

"하지만 거기에 답은 없었어. 내가 정하는 거라고 했어. 나는 어쩌면 좋지."

매달리는 것 같은 목소리였다.

그것만으로도 타카미네가 지금 나에게 다정한 말을 바라고 있음을 알 수 있었다.

마음을 보듬고 상처를 아물게 하는 「가짜」 말. 누나의 장례식에서 아주머니가 내게 건넨 말 같은, 그런 거짓된 말을.

하지만, 아니, 전부 알고 있기에 나는 그런 말을 해 줄 수 없었다. 일시적인 위로나 말뿐인 상냥함에 상처 입는 건 내가 아니라, 타카미네다.

그러니 내가 할 수 있는 말은 하나밖에 없었다.

나는 내가 진짜라고 믿는 말을 할 뿐이다.

할 일은, 하고 기합을 모았다.

건조한 목에 침을 넘기고 이어서 말했다.

"할 일은 하나밖에 없잖아. 스스로 정하는 거야. 네가 정해도 돼. 너에게 「그 사람」이 어떤 사람인지."

"어?"

그건 줄곧 생각했던 것이었다.

"네가 생각하는 바를 솔직하게 전부 부딪치면 돼."

타카미네가 상처받은 얼굴로 입을 다물었다.

배신당했다고 느꼈을지도 모른다.

하지만 여기서 내가 도망쳐선 안 된다.

타카미네가 외면했던 것과 마주하도록 만들 수 있는 건 지금이다.

너 말이다, 하고 나는 한숨을 쉬었다.

"애초에 진짜 아빠와 만나서 어쩔 건데?"

"어쩔 거냐니. 같이 살고 싶다고 말하고. 그리고—."

"그리고?"

질문하자 타카미네는 몸을 움찔했다.

"……왜 그렇게 무서운 얼굴을 하고 있어?"

"네가 자기 마음에서 도망치고 있으니까."

어쩌면 그건 나 자신에게도 해당되는 말이지 않을까. 나도 줄곧 도망치고 있었다. 아빠와 어떻게 마주하면 좋을지 알 수 없어서 도망쳤다.

하지만 이 여행에서 타카미네를 보며 생각했다.

—아빠란 뭘까.

옆에 있으면서 느꼈다.

—아빠란 어떤 존재일까.

모든 것이 답에 도달하지는 않았다.

하지만 알게 된 것도 있었다.

그러니 나는 외치겠다.

타카미네에게 말하겠다.

그리고 타카미네를 통해 나 자신에게도 고하는 것이다.

충분히 도망치지 않았느냐고.

슬슬 마주하자고.

"어?"

"이제 됐잖아. 사실은 너도 알고 있을 거야. 친아빠와 만나더라도 너는 그런 말 못 해. 아니, 바라지 않는다고 해야겠지. 그런 말을 할 수 있었다면 너는 한참 전에, 네 살 때 말했을 거야. 싫다고. 두고 가지 말라고 했을 거야. 그렇잖아?"

"아냐!"

"맞아. 그러니 너의 진짜 소원은 아마 다른 곳에 있어."

"아니야. 아니야아니야아니야아니야. 아니야!"

타카미네는 소리 지르며 내 생각을 부정했다.

귀를 막고, 고개를 흔들고, 눈물을 글썽거렸다.

이것이 시련이라면 그 본질은 타카미네가 외면해온 10년간과 마주하기 위한 것이다. 토카 선배 때도 그랬고, 코가네이 때도 그랬다.

기적의 꽃은 약함을 극복하고 나서 피었다.

그렇다면 나는 그걸 가르쳐줘야만 한다.

아무리 싫다고 해도 똑똑히 보여 줘야 한다.

타카미네의 팔을 잡아 귀에서 떼어 냈다.

그대로 양손으로 얼굴을 감쌌다.

눈을 뜨라고 말했다.

나를 보라고 말했다.

자신의 마음과 제대로 마주해 달라고 빌었다.

"아니, 맞아. 너의 진짜 소원은 친아빠와 만나고 싶은 게 아니잖아."

소원은 더 가까운 곳에 있었다.

"「그 사람」이라고 불렀던 사람을, 그저 「아빠」라고 부르고 싶었던 거잖아. 네가 진짜 아빠라고 부르고 싶은 사람은 한 명뿐이야. 어리광부리고 싶은 것도, 토라지고 싶은 것도, 솔직해지고 싶은 것도 세상에서 한 명뿐이야. 하지만 그저 그뿐인 일을 과거의 너는 할 수 없었어. 택할 수 없었어. 아빠에게 버려지고 새로운 아빠한테도 버려지면 혼자가 되니까. 정말로 외톨이가 되어버리니까."

배신당했을 때의 아픔을 알고 있으니까.

또 혼자가 되는 게 무서웠으니까.

그 공포 때문에 완전히 믿지 못했다.

그래서 안이한 희망에 매달리려고 했다.

자신을 버린 아빠에게 매달리려고 했다.

왜냐하면 아직 연결 고리가 있었으니까. 혈연, 혹은 부적. 믿을 수 있는 근거가 있었기에 자신을 속일 수 있었다.

하지만, 하지만 말이다.

"지금이라면 너는 가고 싶은 길을 고를 수 있을 거야. 나도 알 수 있을 정도니까. 네가 말하는 「그 사람」은 「아빠」라고 부를 만한 사람이라는 걸. 그만한 자격도 근거도 이미 있다는 걸."

이 여행 중에 타카미네는 계속 웃고 있었다.

이 녀석의 십여 년은 많은 기쁨과 행복과 상냥함으로 가득했다.

그 나날은, 부끄러운 말을 쓰자면 「사랑」이라고 표현할 수 있을 터다. 그걸 타카미네에게 계속 쏟았던 사람의 마음이 「진짜」가 아니라고는 못 할 거다.

만약 타카미네가 받은 것이 전부 「가짜」라면 이 세상에는 진짜 따위 존재하지 않는다.

하지만 그런 건 슬프니까.

분하니까.

그런 세상은 싫으니까.

나는 타카미네가 그렇게 말하지 않기를 바란다.

어쩌면 그건 내 오만한 바람일지도 모르지만.

"카자 오빠가 뭘 알아."

"알아. 줄곧 같이 있었으니까. 줄곧 옆에서 너를 보고 있었으니까. 웃고 있었잖아. 즐거워했잖아. 과일 우유, 맛있었잖아. 관람차 탔을 때 기억하지? 생일에 같이 있을 수 없는 게, 가출할 만큼 섭섭했던 거잖아!"

응? 그렇잖아.

"만약, 만약에 그걸 전부 부정하겠다면 네가 말하는 「그 사람」에게 싫어한다고 말해 봐. 가짜라고 생각한다면 너 같은 건 필요 없다고 말해 보라고!"

단숨에 외쳤다.

남매끼리 싸운다고 생각했는지. 많은 사람이 우리에게 노골적인 시선을 보냈다. 하지만 그런 건 무시한다.

그런 말은 못 한다는 가냘픈 목소리가 들리기까지 조금 시간이 필요했다.

"뭐라고?"

"말 못 해. 시, 싫어하지 않는단 말이야."

처음에는 작았던 목소리가 점점 커졌다.

줄곧 속에 담아 뒀던 마음을 해방하는 것처럼.

"맞아. 나도 사실은 「그 사람」을 아빠라고 부르고 싶어. 하지만 무서워. 나를 떠맡아서 귀찮지 않을까. 투정 부리면 버려지지 않을까. 왜냐하면 아무것도 없는걸. 나와 「그 사람」 사이에는 아무것도 없단 말이야. 그리고, 버려지면, 나는, 진짜 외톨이가 되어 버려."

"아무것도 없진 않잖아?"

"어?"

"네가 말하는 「그 사람」은 분명 많은 걸 너한테 줬을 거야. 다양한 곳에 데려가 주고, 학교에 다닐 수 있게 해주고. 「그 사람」이 가짜 아빠라면 지금까지의 나날이, 네가 받은 것이, 네가 십여 년간 손에 넣은 모든 게 가짜가 되어 버려. 그러니까 그런 말 하지 마. 부탁이야. 그런 건 슬프잖아."

타카미네가 내 유카타의 가슴 부분을 꽉 잡았다.

얼굴을 비볐다.

뜨거운 눈물이 스며들어서 가슴이 뜨거웠다.

그런 자세라서 타카미네의 목소리는 불분명했다. 그래도 제대로 들렸다. 타카미네의 첫걸음이. 그 발소리가.

"—임."

"응?"

"책임, 질 거야? 만약 내가 외톨이가 되더라도 카자 오빠만큼은 옆에 있어 줄 거야? 무슨 일이 있어도 나를 봐줄 거야? 혼자 두지 않을 거야?"

"약속할게. 신에게 맹세코, 아니, 누나에게 맹세코 너를 혼자 두지 않겠어. 그리고 미야노랑 코가네이도 있어. 그 녀석들, 매일 전화해서 네 걱정만 해."

툭 하고 타카미네의 머리에 손을 얹었다.

그리고 최대한 상냥하게 쓰다듬었다.

잠시 후, 타카미네가 고개를 들어 새빨개진 눈으로 쳐다보았다.

"……시스콤. 꼴불견이야."

"시끄러워."

"아하하하. 하지만 카자 오빠는 그러는 게 더 믿음이 가. ……나, 정말로 투정 부려도 될까? 아빠라고 부르면 폐가 되지 않을까?"

"걱정하고 있대. 가출한 날, 미야노가 말했어. 미야노한테 일부러 연락했다고. 그러니까 용기 내보지 않을래?"

"……응."

물론 친아빠에 대한 마음도 타카미네 안에 분명히 있을 것이다.

부적을 소중히 여기고 있는 것이 무엇보다 확실한 증거였다.

하지만 그것뿐이다.

내가 생각하기에 그건 이미 타카미네 안에서 매듭지어진 일이었다.

만나고 싶다고 한 것은, 뭐, 책망 같은 거였다. 약속을 지키지 않은 누군가에 대한, 솔직해지지 못하는 타카미네가 택한 작은 심술.

엄지로 타카미네의 눈물을 닦아 줬다.

부끄러워하는 것 같았지만 타카미네는 가만히 있었다.

그러니까 네 살의 너에게 답을 가르쳐 줘.

그때 내지 못했던 답을.

지금의 타카미네 루리는 그걸 가지고 있으니까.

그래, 답은 한참 전에 나와 있었다.
이 녀석이 자신을 「타카미네」 루리라고 말한 시점에.
타카미네의 마음이 어디 있는지는 정해져 있었다.
"카자 오빠."
"응?"
"못 걷겠어. 업어 줘."
"그래."
다섯 살 여자아이의 몸은 몹시 가벼웠다.
그대로 돌계단을 올라 돌아가기로 했다. 아직 행사는 몇 개 남아 있는 것 같았지만, 내게도 타카미네에게도 그럴 기운은 남아 있지 않았다.
타카미네는 불평하지도 않고 얌전히 업혀 있었다.
축제의 소란스러움이 서서히 멀어졌다.
"나 찾으려고 여기저기 뛰어다녔어?"
"그러진 않았는데."
"등, 뜨거워."
"보통이겠지."
"아니야. 뜨거워. 그리고 땀 냄새 나. 끈적끈적해."
"어? 진짜? 내릴래?"
"아니. 이거 좋아."
조금 걸어가자 경치는 다시 산골로 바뀌었다.
북소리 대신 벌레와 개구리의 합창이 우리를 맞이했다.
그것을 가르듯 뒤에서 피유우우웅 소리가 난 것은 마침내 토요 씨의 집이 보이기 시작했을 무렵이었다.

"아, 불꽃."

나는 발을 멈추고 뒤돌아 하늘을 올려다보았다.

빛의 꽃이 피고, 펑 터지고, 마지막에는 밤에 스르르 녹아내렸다. 거리가 떨어져 있어서 손바닥 크기로 보였다.

"예쁘다."

"그러게. 정말 예쁘다."

예전의 타카미네도 이렇게 둘이서 불꽃을 보았을까.

똑같은 마음을 품었을까.

그랬으면 좋겠다고 생각했다.

분명 두 사람의 그 실루엣은 누가 봐도 부모와 자식으로 보였을 것이다.

6

그 후.

유카타를 흙과 땀범벅으로 만들어 돌아온 우리를 보고 토요 씨는 매우 기막혀했다. 하지만 그뿐이었다. 타카미네의 눈가에 눈물 자국이 확실하게 남아 있는데도 아무것도 묻지 않았다.

몸이 조금 작아졌다는 건 눈치챘을까.

그것도 알 수 없었다.

차례대로 목욕하고 나오려무나. 몸을 푹 담그고 100까지

세는 거야. 그렇게 말했을 뿐이니까.

그 말을 따라 목욕물에 몸을 담그고 100까지 셌다.

물속에서 숫자를 센 게 몇 년 만일까.

김과 함께 나타났다가 사라지는 숫자를 쫓다 보니 문득 아빠가 생각났다.

아직 같이 목욕하던 때, 숫자를 배우며 둘이서 100까지 셌었다. 그런 일도 있었다.

옷을 갈아입고 나서는 손님방에 두 개가 나란히 깔린 요에 들어갔다.

바깥과는 방충망으로만 막혀 있어서 밤이 매우 가깝게 느껴졌다.

하얀 달빛에 의해 밤은 남색으로 물든다. 태양처럼 눈부시지는 않지만 달빛도 이렇게나 밝았다.

벌레의 울음소리가 악단처럼 밤에 흥취를 더했다.

"……있지, 카자 오빠."

옆에서 부스럭거리는 소리가 났다.

"뭐야, 깨어 있었어?"

"약속, 반드시 지켜야 해."

"무슨 약속."

"쭉 같이 있어 줄 거라고 했잖아."

"그래."

타카미네의 작은 손이 뻗어 나와 내 손과 포개졌다.

부드럽고, 작고, 뜨거운.

그런 어린아이의 손이었다.

그 중심에서 빛나고 있을 남색 관을 사이에 끼우듯 둘이서 손바닥을 맞댔다. 그러자 새근새근 사랑스러운 숨소리가 바람에 실려 왔다.

울고불고 난리를 피우느라 지쳐서 한계였을 것이다.

아까부터 목소리도 잠에 취해 있었고.

"잘 자, 타카미네. 좋은 꿈 꿔."

그리고 나도 눈을 감았다.

캄캄해진 눈앞에 어른거리던 달빛이 천천히 녹아내려 사라졌다.

아침, 눈을 뜨자 옆에 있었을 터인 타카미네가 없었다.

막 깨어나서 아직 제대로 돌아가지 않는 머리가 그저 당황하여 타카미네를 찾으라고 사이렌을 울렸다. 뇌가 보낸 전령이 순식간에 온몸을 돌았다.

그 뒤로는 빨랐다.

이불을 휙 걷어 젖히고 복도를 달렸다.

일직선으로 달려갔다.

거실 장지문을 벌컥 열었다.

"왜 그래?"

어리둥절한 목소리.

아침밥 준비를 도와주고 있는 타카미네가 거기 있었다.

세 사람의 젓가락을 서툴게 놓고 있었다. 밥상 위에는 그 밖에도 지역의 식자재를 사용한 요리가 있었다. 채소 절임이라든가, 달걀프라이라든가.

으음, 이런 걸 로컬 푸드라고 하던가. 문자 그대로 그 지역에서 생산된 것을 그 지역에서 소비하는 거다.

아니아니아니, 그런 건 지금 상관없다.

마침내 돌아가기 시작한 사고가 의기양양하게 다른 곳으로 빠지려는 걸 황급히 되돌렸다.

타카미네가 있다.

안도하는 내가 있다.

어쨌든 상황 파악은 그거면 됐다.

"어머나, 카자마츠리 군. 잘 잤니? 루리가 일어나자마자 일을 도와주고 있어."

"아, 네. 안녕히 주무셨어요? 아, 저도 도울게요."

"괜찮아. 거의 다 됐으니까. 세수하고 오렴."

토요 씨가 쾌활하게 웃고서 갓 지은 밥을 밥공기에 담았다. 타카미네가 그걸 작은 손으로 받아 밥상으로 옮겼다. 그런 작업을 세 번 정도 반복했다. 그리고.

일을 끝낸 타카미네가 내 쪽으로 총총 걸어왔다.

내 셔츠를 잡아당겨 허리를 굽히라고 명령했다.

얌전히 따르자 소곤소곤 귓속말했다.

조금 간지러웠다.

"—내가 없어서 깜짝 놀랐어?"

그리고서 히히히 하고 해바라기처럼 해맑게 웃었다.

나도 모르게 깊은 한숨이 흘러나왔다.

동시에 몸의 힘도 빠져나갔다.

"너 말이다."

"응~?"

"확인하는 방식이 삐뚤어졌어."

이 녀석은 나를 시험한 거다. 내가 허둥대기를 기대하고서, 불안해하기를 기대하고서, 찾아 주기를 기대하고서. 혼자 두지 않겠다고, 줄곧 옆에 있을 거라고.

그 약속을 내가 지키기를 기대하고서.

그 기대에 내가 전면적으로 부응했기에 이렇게 웃고 있는 거였다.

아까 냈던 어리둥절한 목소리도 분명 연기다.

성격이 나빴다.

"응. 내가 귀찮은 여자라는 거 알아."

흐흥, 하고 다섯 살 아동은 뻔뻔하게 나왔다. 살짝 아기 같은 말투로 「귀찮은 여자」라고 하니 임팩트가 굉장했지만 나도 따라서 웃고 말았다.

전혀 안 어울렸다.

안 어울리지만 그 말대로였다.

타카미네 루리는 겁쟁이고, 외로움을 많이 타고, 조금 연약

한 구석이 있는 귀찮고 상냥한 여자아이다.

뭐, 하지만 안타깝게도 나는 그런 이 녀석이 싫지 않았다.

"으하하하. 맞는 말이야."

"하지만 그게 나니까."

그런 우리를 보고 토요 씨가 다가왔다.

"아침부터 즐거워 보이네. 오늘도 더워질 것 같아."

방충망 밖에서 매미가 시끄럽게 울고 있었다.

확실히 오늘도 더울 것 같았다.

8월 2일.

타카미네 루리의 생일 아침이었다.

제4화

HOME SWEET HOME

1

빛이 굴절하며 뜨거워진 선로가 일렁거렸다. 아지랑이였다. 무인역에 내린 우리는 여름의 강한 햇살에 눈을 찌푸렸다.

전철이 떠나자 인기척이 옅어진 느낌이었다.

우리 말고 내린 사람이 없어서 그렇기도 할 것이다.

그 쓸쓸한 분위기 때문인지, 아니면 더위 때문인지 숨쉬기가 굉장히 힘들었다. 산소를 얻으려고 가슴 가득 공기를 들이마셔 보았다.

그리고 한껏 토해 냈다.

인간에게는 그런 게 필요했다.

담아 두기만 하다가는 언젠가 터져 버린다.

"타카미네. 이대로 선로를 따라서 걸어가 볼까."

"……뭔가 있어?"

"뻔한 거 아니야? 시체가 있지."

"거짓말."

보름달처럼 동그란 눈이 놀라서 크게 뜨였다.

나는 씩 웃고 땅에 짐을 내렸다. 그리고 두 팔을 날개처럼 활짝 벌렸다. 근육이 늘어나며 뼈가 작게 뚜둑거렸다.

"물론 거짓말(픽션)이야. 그런 영화가 있어. 제목은."

바람이 불어와 내 앞머리를 간질였다.

토해 낸 숨이 높이높이 날아올라 여름의 강렬한 푸른 하늘에 녹아들듯 사라졌다. 이번에는 아까보다도 자연스럽게 숨을 쉴 수 있었던 것 같다.

이곳이 우리의 여행(가출)의 종착점.

"—."

"응? 뭐라고? 못 들었어."

바람에 날리는 머리를 누르며 타카미네가 말했다.

"정말이지. 이번에는 제대로 들어."

그렇게 읊조린 영화의 제목은 누군가의 소원과 똑같은 울림을 지니고 있었다.

「stand by me(곁에 있어 줘)」

사실.

이 여행은 그 말을 함으로써 끝난 거였다.

산길에 들어가 조금 트인 곳에 도착하자 해바라기밭이 나왔다. 노란 꽃이 흐드러지게 피어 태양을 향해 고개를 들고 꼿꼿이 서 있었다. 노란 카펫이 깔린 모습은 장관이었다.

구름이 바람에 밀리며 태양을 숨겼다.

그림자가 세상의 절반을 덮었다.

구름의 형태가 바뀌자 빛의 형태도 바뀌었다. 눈앞의 세계가 조금씩 천천히 형태를 바꿔 나갔다.

"그러고 보니 해바라기를 좋아한다고 했던가?"

"응. 조아해."

"모처럼 왔으니까 사진 찍어 줄까?"

"응. 찍어죠."

"좋았어, 다녀와."

"응."

타카미네는 해바라기 속으로 뛰어들었다. 해바라기는 나보다 키가 작았지만, 지금의 타카미네보다는 다소 컸다. 해바라기가 마치 터널처럼 작은 소녀의 세계를 둘러싸고 있었다.

타카미네는 파란 치마의 위치를 바로잡고, 먼지를 털고, 앞머리를 샤샥 정돈했다.

손거울로 꼼꼼히 체크하는 것도 잊지 않았다.

그리고서 「응」 하고 작게 중얼거렸다.

정말, 이렇게 작은데도 여자아이구나. 열세 살의 타카미네가 떠올랐다. 예쁘게 찍혔냐고 굉장히 신경 썼었지.

여심이라고 했나.

남자는 알 수 없는 고집.

"카자 오빠."

그렇게 멍하니 생각하고 있으니 준비 끝났다는 듯 타카미네가 나를 불렀다.

얼굴을 들고 손을 흔들었다.

"그래."

"다 됐어."

타카미네가 방긋 웃었다.

그 웃는 얼굴은 타카미네를 둘러싼 노란 꽃 못지않게 반짝이고 있었다.

해바라기의 꽃말은 「당신만을 바라봅니다」.

그건 타카미네의 소원의 형태이자.

내가 타카미네와 맺은 약속의 한 송이였다.

—찰칵.

기계음과 함께 카메라의 진동이 손안에 찡하게 남았다.

초점도 노출도, 이번에야말로 모든 게 완벽했다.

거기서 리버설 필름이 역할을 다했다. 와인딩 레버를 돌리려고 하자 도중에 틱 소리를 내며 움직임이 멈췄다.

필름 카운터를 확인하니 36을 가리키고 있었다.

그렇다면 내가 따라가 줄 수 있는 것도 여기까지다.

나는 크랭크를 돌려 필름을 되감으며 물었다.

"곶은 이 앞에 있지?"

"응."

"그럼 나는 여기서 기다리고 있을게."

"어?"

"이제 괜찮겠지."

타카미네는 뭔가 하고 싶은 말이 있는 것 같았지만 그저 「응」 하고 고개를 끄덕이고서 자갈길로 돌아왔다. 그리고 아무것도 없는 공간을 향해 오른손을 들었다. 내게는 보이지 않는 누군가가 — 그건 네 살 소녀의 모습을 하고 있을 터다 — 그 손에 손을 포갰을 것이다.

맞잡듯이 손을 꽉 움켜잡았다.

"기다려줄 거지?"

"그래."

"나는 이제 혼자가 아닌 거지?"

"그래."

"그럼 갔다 올게."

반대쪽 손을 흔들고서 타카미네는 골인 지점을 향해 천천히 걸어갔다. 그 발걸음에는 힘이 있었다. 타카미네는 이제 망설이지 않았다.

나뭇잎 그림자가 발자국처럼 타카미네가 지나간 길 위에서 아롱거리고 있었다.

그렇게 눈부신 것을 보는 심정으로 멀어지는 뒷모습을 보고 있었지만, 어쩐 일인지 타카미네의 발이 우뚝 멈췄다.

그리고 몸을 돌리더니 굉장한 기세로 돌아왔다.

투다다다 하고.

"뭐야, 왜 다시 왔어?"

"오, 옷. 원래 내 모습으로 돌아왔을 때 입을 게 있어야 해."

아, 과연.

확실히 그렇다.

몸을 가릴 목욕 수건과 열여섯 살로 돌아왔을 때 입을 옷을 토트백에 넣고 다시 한번, 이번에는 돌아보지 않고 나아갔다.

조금 전까지 느꼈던 감동은 사라지고 첫 심부름에 나서는 아이의 모습을 보는 기분이 들었다.

그건 그것대로 꽤 감동적이지만.

힘내라, 타카미네.

작은 등을 향해 소리 없는 성원을 보냈다.

2

그리고 나는 아롱거리는 빛 속을 걸어갔다.

나무들이 만든 태양의 사각지대, 선선한 그늘 속을 나아갔다.

예전에 어른의 손을 잡고 걸었던 길을, 이번에는 네 살 아이의 손에 이끌려서.

자갈이 발밑에서 소리를 냈고, 땀이 뚝 떨어져 튀었다. 살랑살랑 흔들리는 나무 그늘이 내 그림자의 윤곽에 닿기도 하고 겹치기도 했다.

불어온 바람이, 그 감촉이, 냄새가, 온도가 기억을 자극했다.

그날의 광경이 또렷하게 떠올랐다.

『저기, 아저씨. ……아이스크림 먹고 싶어.』

『그런가. 역에 도착할 때까지 참으렴.』

『샤워하고 싶어.』

『그것도 참아.』

『집에 가고 싶어.』

『이제 갈 거야. 아까 그렇게 말했잖니.』
『하나만 더 가르쳐 줘.』
『뭘 가르쳐 줄까? 루리.』

—당신은 누구예요?

답은 이미 이 손안에 있다.
"있지, 네 살의 나."
옆에서 걷고 있는 여자아이에게 물었다.
"저기가 골인 지점이지?"
아이는 말이 없었다.
그저 올곧은 눈으로 나를 마주 볼 뿐이었다.
그래도 알고 있었다.
아니. 틀렸다.
그렇기에 알고 있었다.
말 같은 건 필요 없다고, 아이의 눈빛이 이야기하고 있었으니까.
그래서 나도 앞을 보고 골인 지점으로 향했다.
"와푸."
한층 강한 바람이 분 것은 분명 가로막는 것이 아무것도 없었던 탓이다.
산길을 빠져나온 내 시야를 파란색이 가득 채웠다.
그날까지, 네 살 생일까지 아빠라고 불렀던 사람을 따라서

왔던 장소.

그리고 축하한다는 말과 함께 볼품없는 부적과 새로운 가족을 받은 장소.

하지만 지금, 파란 세상을 한눈에 둘러볼 수 있는 곳에는 우리 말고 아무도 없었다.

천천히 걸음을 내딛자 잡고 있던 손이 떨어져 나갔다. 나보다 아주 조금 작은 여자아이가 종종걸음으로 앞으로 나갔다.

나는 몇 발짝 걷고 걸음을 멈췄다.

아이는 나보다 몇 발짝 더 걸어가 뒤를 돌았다.

그리고 그 작은 입에서 그 말이 흘러나왔다.

—당신은 누구예요?

아이는 나를 향해 그렇게 말했다. 「그 사람」이 아니라, 나에게. 하지만 분명 답의 본질은 달라지지 않을 것이다.

카자 오빠가 그걸 가르쳐 줬다.

"나는 「타카미네」 루리."

10년에 가까운 시간을 그렇게 지냈다.

놀이공원, 캠프장, 그 밖에도 많은 곳에 데려가줬다. 루리라고 불러줬다. 과자를 사줬다. 장난감을 사줬다. 같이 있어줬다.

같이 있어줬으면 했다.

어느새 그렇게 바라게 되었다.

그 사람이 있었기에 많은 소중한 사람과 만날 수 있었다.
피가 섞이지 않았어도 괜찮다.
쌓아 올린 시간은 가짜가 아니었다.
가짜라고 할 수 있을 만큼 가볍지 않았다.
돌이켜보면 이렇게나 뜨거우니까.
이렇게나 무거우니까.
그러니 나는 당당히 말할 수 있다.
"나는 타카미네 루리. 그러니까 「그 사람」은 우리 아빠야."
마침내 말할 수 있었다.
마침내 들을 수 있었다.
고작 그것뿐인 일에 상당히 시간이 걸리고 말았지만.
도달하였으니 분명, 멀리 돌아온 길에도 쌓아 올린 많은 시간에도 의미는 있었을 것이다.
그렇게 나는 그날 아빠가 그랬던 것처럼 네 살의 나를 향해 손을 내밀었다. 아이가 다시 살며시 손을 포갰다.
그 순간, 손바닥에 있었던 남색 별의 관이 욱신거리더니 천천히 빛이 되어 사라졌다.
파스스.
마치 벚꽃이 지는 것처럼.
여름의 빛에 눈앞이 새하얘지는 것처럼.
가을의 노을에 물드는 것처럼.
겨울의 눈이 세상의 윤곽을 뒤덮어 나가는 것처럼.
빛을 따라 네 살의 나도 서서히 사라졌다.

하지만, 그래도.
나는 눈에 새겨진 아이의 표정을 놓치지 않았다.

네 살의 나는 웃고 있었다.

그렇다면 틀리지 않았을 것이다.
만감에 사로잡히며 나는 숨을 내쉬었다.
이로써 가출은 정말로 끝.
하지만 이 이야기에는 조금 더 뒷이야기가 있다.

3

빛나면서 커지는 몸을 나무들로 숨기고 어떻게든 무사히 옷을 갈아입은 나는 슬그머니 곳으로 돌아왔다.
집에 가기 전에 한 번만 더 제대로 봐두고 싶었다.
오오, 하고 생각했다.
시점이 높았다.
아까 봤던 경치와는 전혀 달랐다.
그래서 예전에는 보지 못했던 것까지 잘 보였다.
그때, 발소리가 들렸다.
누군가가 온 걸까.
나는 아무 생각 없이 돌아보았다.
소리가 난 곳을 보는 건 조건 반사였다. 누구든 그럴 것이다. 조용한 교실에서 문 열리는 소리가 나면 무심코 돌아보는 것과 같다.

그래서 그건 생각지 못한 기습이었다.

뒤통수를 세게 얻어맞은 듯한 충격이 있고 난 후, 시야가 새하얘지며 눈앞이 깜박깜박 빛나고, 그리고.

죽어 버리는 게 아닐까 싶을 만큼 가슴이 크게 뛰었다.

딱히 외계인이 나타난 건 아니었다.

어디서나 흔히 볼 수 있을 법한 아저씨가 그곳에 서있었을 뿐이다.

하지만 나는 그 사람을 알고 있었다.

예전에 나와 함께 있었던 사람이었다. 머리를 쓰다듬고 꽉 포옹해 주고, 이름을 부르고 생일을 축하해 주고, 건강히 지내라며 등을 떠밀고, 작별 인사조차 못 한 채 헤어져 버린 사람이었다.

어째서 세상은 이렇게 되어 먹은 걸까.

가지고 싶어서 가슴이 터지도록 기도해도 가질 수 없는데, 전부 체념해버린 순간 손안에 툭 떨어진다.

조금 더 괜찮은 타이밍에, 마음의 준비가 됐을 때 나타났다면 나도 좋았을 거다.

그래야 어떤 표정을 지을지 생각해둘 것 아닌가.

아저씨는 완전히 굳어 버린 내 옆으로 오더니, 나를 힐끗 보고 말했다.

"담배."

"네?"

"담배 피워도 될까?"

"아, 네. 피우세요."

내가 고개를 끄덕이자 아저씨는 주머니에서 담배를 꺼내 담뱃잎을 툭툭 밀어 넣었다. 그 끝에 불을 붙이고 연기를 피웠다. 손끝에 담배를 끼우고 살짝 비스듬히 물고 있었다. 동작이 제법 그럴싸했다.

젊을 때부터 피웠을 것이다.

수염이 살짝 자랐고.

하얀 셔츠는 다림질을 한 것 같지만, 손재주가 없는지 주름이 남아 있었다.

다만 본판은 나쁘지 않았다.

이목구비가 뚜렷하고 쌍꺼풀이 예쁘게 있었다. 풍기는 분위기가 조금 느끼하긴 하지만 그것도 묘하게 잘 어울렸다.

귀의 생김새가 나와 아주 비슷했다.

담배 연기가 깃든 것처럼 눈은 흐릿했다.

아저씨는 추락 방지용 울타리에 등을 기대고서 하늘로 올라가는 연기를 눈으로 좇았다. 멍하니 관찰하고 있으니 왜 쳐다보냐면서 눈썹을 찡그렸다.

아무래도 내가 누구인지 전혀 눈치채지 못한 것 같았다.

당연한가.

너무 많은 시간이 흘렀다.

함께 지냈던 시간보다 두 배 이상 긴 시간을 떨어져 살았다.

남자의 옆에 섰다.

똑바로 응시하는 건 조금 힘들었다.

나는 바다 쪽을 보고, 아저씨는 울타리에 기댄 채 계속 하늘을 보고 있었다.

“이 근처에 사세요?”

가만히 있기 어색해서 그런 말을 꺼냈다.

“아니.”

“그렇군요.”

“너는, 아니다. 너도 다른 데서 왔지?”

“보면 알 수 있나요?”

“근방에 사는 녀석이라면 그런 질문 안 할 테니까.”

“듣고 보니 그러네요. 네. 조금 멀리서 왔어요. 고등학교가 여름 방학에 들어갔거든요. 아하하하. 가출 중이에요.”

가출 말이지, 하고 남자는 시시하다는 듯 연기를 토했다. 하지만 무시하는 분위기는 전혀 아니었다.

힐끔거리며 곁눈질하고 있으니 히죽 웃고서 연기로 도넛을 만들었다.

“뭐야, 부모랑 싸우기라도 했어?”

“뭐, 그렇죠.”

“너무 부모 속을 썩이지 마.”

“아하하하. 성실한 어른처럼 말하네요.”

“이상해?”

아저씨가 또 눈썹을 찡그렸다.

"수염도 제대로 안 깎았고, 셔츠도 쭈글쭈글하잖아요. 차림새도 제대로 갖추지 못한 사람한테 그런 말을 들어도 전혀 와닿지 않아요."

나도 모르게 시비조로 말했다.

당연히 아저씨가 눈썹을 더 찡그릴 거라고 생각했다. 버럭 소리 지를지도 모른다고 각오했다.

하지만 아저씨는 웃었다.

어딘가 쓸쓸한 모습으로 웃었다.

"으하하하. 너 꽤 직설적으로 말하는구나. 그게 나쁘다는 건 아니야. 나는 그런 녀석을 싫어하지 않으니까. 뭐, 하지만. 그렇지. 성실한 어른은 아니야."

"무슨 일을 하세요?"

"배우. ……인지도는 전혀 없지만 말이지. 직접 극단을 만들어서 근근이 먹고살고 있어. 가끔 텔레비전 같은 데도, 뭐, 나가긴 해. 이름 있는 배역은 거의 못 받지만."

"글러먹었잖아요."

"맞아. 글러먹었어. 포기하고 싶어질 때도 많아. 후회는 매일 하고 있어. 소중한 걸 버리고서 선택한 길인데 전혀 수지가 안 맞아."

어른이 된다는 것은 그런 걸까.

유한한 육체만을 받고 세상에 태어난 우리는 살아가면서 많은 것을 손에 넣는다.

하지만 인간의 손은 모든 것을 거머쥐기엔 너무 작다.

뭔가를 들고 있는 손으로 새로운 무언가를 잡으려고 하면 전부 떨어져서 와장창 깨져 버린다.

그렇기에 선택해야만 한다.

무엇이 소중한지를.

“뭘 버렸는데요?”

아저씨는 담배 한 개비를 다 피우고 두 번째 담배에 불을 붙였다.

후우 하고 뿜어져 나온 하얀 연기가 구름처럼 대기를 떠돌았다.

그 연기가 완전히 사라졌을 때, 아저씨가 대답했다.

“딸. 나는 어린 자식보다도 자신의 꿈을 택했어.”

“역시 최악이잖아요.”

“그래서 부정하지 않았잖아. 그렇게까지 하고서 무엇도 되지 못했으니 최악 중의 최악이지.”

“따님은 아저씨를 원망하고 있을지도 모르겠네요.”

“그럴지도.”

“화가 나있을지도 몰라요.”

“기억하려나. 아직 네 살이었어.”

“불행해졌을지도 몰라요.”

“그럴 일은 없어.”

단호하게 잘라 말했다.

너무나도 자신만만한 목소리였기에 독기가 조금 빠지고 말았다. 좀 더 뾰족한 말로 심술을 부리려고 했는데.

어째서 그런 얼굴로, 그런 목소리로, 그렇게 부정할 수 있는 걸까.

"어떻게 그렇게 단언해요?"

묻지 않을 수 없었다.

"나는 아무것도 해줄 수 없었거든. 대신 이별 선물을 줬어. 돈도, 애정도 제대로 안 가지고 있는 내가 갖고 있었던 유일한 보물을. 하찮은 인생을 살아왔어. 어릴 때부터 칭찬받는 일이 없었고, 학교 수업은 맨날 쨌고, 부모와도 사이가 안 좋아서 자주 싸웠어. 하지만 살아 있는 것만으로도 뭔가를 손에 넣는 순간이 있어. 내게도 소중하다고 말할 수 있는 것이 딱 두 개 있었어."

말해 준 것은 그 사람의 과거였다.

흔하디흔한 소년이 청년이 되기까지의, 발에 차이도록 흔한 이야기.

당연하게 삐뚤어져서 싸움만 해대고, 어른에게 혼나고, 살짝 마음이 꺾이고, 세상을 원망하고, 인생을 비관하고.

누군가를 상처 입히고, 그만큼 상처받고.

그런 소년이 손에 넣은 소중한 것은 소꿉친구 여자아이와 자신과는 정반대인 친구였다.

그에게는 그 두 사람 말고 아무것도 없었기에 두 사람은 자신의 목숨보다 소중한 존재였다고 한다.

"결혼해서 아이를 가졌어. 깜짝 놀랐어. 내가 아이를 가질 거라고는 생각도 못 했었어. 누군가를 사랑하는 것도, 누군가에게 사랑받는 것도 제대로 모르는 인간이었는데 말이야. 내가 알게 된 세 번째 사랑이었어."

"사랑이라는 부끄러운 말을 되게 간단히 하네요."

"이래 봬도 배우니까. 무대 위에서는 더 부끄러운 말도 해."

"그래서 어떻게 됐어요?"

"아아. 아내가, 병에 걸려서 세상을 떠나 버렸어. 여러 가지가 엉망이 됐어. 나는 슬펐고, 절망했어. 마음이 조금도 움직이지 않았어. 남은 건 바보 같은 어린 시절의 꿈뿐이었어. 나는 내가 싫어서 줄곧 내가 아닌 무언가가 되고 싶었어. 그래서 배우라는 꿈을 택했어. 누군가를 사랑하는 게 무서웠어. 잃어버리는 게 무서웠어. 그래서 사랑을 버리고 꿈을 좇아 살기로 했어. 딸에게는 너무나도 잔혹한 일이었겠지만."

남자는 계속 말했다.

"딸은 친구에게 맡겼어. 내 인생의 유일한 친구야. 만약 내 인생에 가치나 의미가 있다면 절반은 아내고 절반은 그 녀석이야. 성실하고 다정한 녀석이야. 바른 남자야. 내가 가진 것 중에서 제일 굉장한 존재야. 그 녀석이 키우고 있어. 그러니까 불행해질리 없어. 대신 나는 이제 친구와도 딸과도 만날 수 없지만 말이지."

"그 친구분이 어떤 사람인지 모르겠지만, 정말로 모르겠지만, 하지만 정말로 남의 아이에게 애정을 쏟을 수 있을까요? 어쩌면 방치하고 있을지도 몰라요. 소중한 약속 같은 걸 깼을지도 몰라요. 그래서 싸우고 저처럼 집을 뛰쳐나왔을지도 몰라요.”

아아, 나는 왜 이런 말을 하고 있을까. 이런 말을 할 생각은 전혀 없었는데.

감정이 멋대로 흘러넘쳤다.

멈출 수 없었다.

“뭐야, 너. 부모가 약속을 깼다고 싸운 거였어? 애송이구나.”

“뭐라고요?!”

나도 모르게 언성을 높였지만 아저씨는 자상하게 미소 짓고 있었다.

“기대에 부응하지 못해서 미안하지만, 내 친구는 그런 녀석이 아니야.”

“진짜 그런지는 모르는 거잖아요!”

소리치는 나와는 반대로 아저씨는 한없이 냉철했다.

“신경 써줘어.”

뭔가를 확인하는 것 같은 눈길을 보낸 후, 시선을 휙 돌렸다.

일부러 앞으로 보러 가지 않는 이상, 여기서는 표정이 보이지 않았다.

“네?”

“1년에 딱 한 번, 내가 여기 온다는 걸 그 녀석은 알고 있어. 여긴 말이지, 내가 친구에게 딸을 맡긴 장소거든. 나는 내가 버린 것을, 그 무게를 확인하기 위해 딸의 생일에 매년 이곳을 찾아와.”

그건 과연 올바른 문장이었을까.

나는 생각했다.

정말로 이 사람은 나를 눈치채지 못한 걸까.

내가 누구인지 모르는데 이런 이야기를 할까? 생판 남에게 이런 이야기를, 이런 식으로 할까?

어쩌면.

그래, 어쩌면 사실은—.

"성실한 녀석이거든. 나를 신경 써주고 있는 거야. 나한테는 딸과 만나지 말라고 했으면서. 그런 일을 해도 아무런 의미도 없는데. 절교했는데. 1년에 한 번, 이날만큼은 내가 딸과의 인연을 일방적으로 확인하는 걸 허락해주고 있어. 그래서 이날만큼은 당당히 아빠 행세를 못하는 거야. 그래서 결국 본인이 거짓말쟁이로 낙인찍히고 화를 사고 있으니 어처구니없는 일이지. 게다가. 딸이 가출하니까 가장 먼저 나한테 전화를 걸었어. 10여 년 만인데도 제대로 인사조차 안 하고. 그저 딸 걱정만 했어. 그러니까, 뭐, 그런 녀석이야. 걱정할 건 전혀 없어. 세상에서 가장 믿음직한 남자야."

그건, 완전히 나에게 하는 말이었다.

숨길 마음도 없을 것이다.

아저씨는 세 번째 담배를 피웠다.

나는 담배 따위 피우지 않기에 아랫입술을 꾹 깨물고 코를 훌쩍일 뿐이었다.

"……아저씨는, 배우의 재능이 없네요."

어떻게든 그 말만큼은 했다.

아아, 이 사람에게는 배우의 재능 따위 없다. 자신이 아닌 다른 사람 따위 되지 못한다. 도중에 내가 눈치채게 했으니까.

나한테 가르쳐주고 말았다.

남남인 척하는 것조차 끝까지 계속하지 못했다.

그건 분명 자신이 버린 누군가와 지금도 친구라고 여기는 사람을 위해서. 그러니까 적어도 나만큼은 계속 모르는 척해 주겠다.

"역시 그렇게 생각해?"

"네."

"정말 글러먹었네."

"정말 글러먹었네요."

바보다.

세상에서 제일 멍청한 바보다.

재능도 없으면서 나보다 꿈을 택한 건가.

하지만, 그래도.

신기하게도 싫지 않았다.

"담배, 몸에 안 좋아요."

"그렇지."

아저씨는 그렇게 대답하고서 이제 막 피우기 시작한 담배의 불을 껐다.

얼마나 시간이 흘렀는지 모르겠다. 나는 아까부터 입을 다물고 있었고, 아저씨도 아무 말이 없었다.

담배도 여전히 피우지 않았다.

해가 기울기 시작했을 때, 마침내 나는 말했다.

"그럼 저는 슬슬 갈게요."

"그래."

아저씨가 미심쩍은 표정을 지었기에 바꿔 말했다.

"제대로 집에 돌아갈게요."

그렇게 말하면서 나는 고개를 휙 돌려 바다를 바라보았다.

"그러냐."

아저씨는 되풀이했다. 그러냐. 온화한 목소리였다.

"그러는 게 좋아."

서로 얼굴을 보지 않고 그 말만 나눴다. 나는 수평선을 보고 있었다. 반대로 아저씨는 맞은편을, 즉 육지 쪽을 보고 있었다.

시야 끄트머리에 아저씨의 모습이 어렴풋이 들어왔다.

마지막으로 안녕히 계시라며 고개를 숙이자 주머니에 넣어뒀던 것이 툭 떨어졌다.

볼품없는 부적이었다.

두 사람의 시선이 그곳에 겹쳤다.

먼저 움직인 사람은 아저씨였다.

아무 말 없이 부적을 주운 아저씨는 살짝 울 것 같은 표정을 지은 후, 어떤 여름날처럼 내게 건넸다.

"감사합니다."

아직도 가지고 있었냐는 작은 목소리가 들렸다.

"네?"

"아니, 아무것도 아니야. 이런 너덜너덜한 천 쪼가리, 버리면 될 텐데."

"소중한 거라서요. 아, 맞다. 이거, 뭐라고 적혀 있는지 아세요? 혹시 아시면 가르쳐 주실래요?"

건네받은 부적에서 종이 한 장을 꺼내 아저씨에게 넘겼다. 「Shule Aroon」이라고만 적혀 있는 그 종이였다.

어느 나라 말인지조차 알 수 없었다.

과연 거기에 담긴 바람은 뭐였을까.

만약 아빠와 만난다면, 아니. 만약 이 말을 아는 사람과 만난다면 직접 물어보자고 생각했었다.

그래서 오늘까지 조사하지 않았다.

아저씨는 종이를 빤히 보더니 머리를 벅벅 긁었다. 생각할 때의 버릇일 것이다. 조금 멋쩍어 보이는 건 왜일까.

나는 계속 답을 기다렸다.

"슐 아룬."

내 끈기에 졌다는 것처럼 아저씨는 그 문자를 읽었다.

"아일랜드계 게일어야."

"뜻은요?"

"가는 길 무사하기를. 여행을 떠나는 사람에게 전하는 말이야. 인생은 여행이라는 말이 있지. 긴긴 여행이라고. 그러니 이걸 너에게 준 녀석은 기도한 게 아닐까. 너의 새로운 여행의 시작에. 앞으로 긴긴 여행길에 오를 네가 도중에 결코 좌절하지 않도록, 지지 않도록. 행복 넘치는 여행이 되기를. 그런 마음을, 기도를, 담은 게 아닐까."

가슴이 뜨거워졌다.

아아, 그런가.

나는 분명하게 사랑받았던 것이다. 여러 가지를 떨쳐 냈지만, 여전히 조금 마음에 걸려 있었던 뭔가가 스르르 풀어졌다.

만나고 싶었었다.

언제부터인가 그건 이제 못 만나더라도 괜찮다는 생각으로 바뀌었다. 내 아빠는 따로 있으니까.

하지만, 만나서 다행이다.

진심으로 다행이라고 생각한다.

만나서, 다행이야.

"하나 가르쳐줬으니까 나도 하나 물어봐도 될까?"

"네?"

"지금, 행복해?"

묻고서 부끄러운지 아저씨는 또 시선을 휙 피해 버렸다. 나는 갑작스러운 질문에 얼떨떨해졌다.

그리고 생각하기 시작했다.

행복.

행복이란 뭘까? 어떻게 생겼을까? 하지만 분명 내 인생(여행길)은 많은 기도와 축복과 사랑으로 가득하다.

그리고 그건 틀림없이 「진짜」다.

"음, 어떤 사람이 가르쳐줬어요. 저는 「아빠」에게 많은 걸 받았다고 말이죠. 매년 여행에 데려가줬고, 학교에 다니게 해줬고, 덕분에 소중한 친구가 생겼고, 놀리면 금세 수줍어하는 재미있는 선배와 만났어요. 그러니까."

그러니까, 그래.

당당해지자.

"저는 행복해요."

아빠, 라고 내가 부른 사람이 누구인지. 굳이 말할 필요는 없을 것이다. 분명 전해졌을 터다.

"그런가. 그럼 됐다."

"또 만날 수 있을까요?"

"안 만나는 편이 좋을지도 모르는데."

"그렇지 않아요. 하지만 전 아저씨의 이름을 묻지 않을 거예요."

"그래. 나도 네 이름을 몰라."

"네."

"근거고 뭐고 전혀 없어."

"네."

"나는 자기 딸조차 버린 한심한 놈이니까. 약속하더라도 안 지킬지도 몰라."

"네."

"하지만 어쩌면 어딘가에서 또 이렇게 만날지도 모르지."

"네."

"이렇게 이야기하는 일이 없을 거라고 단정할 수는 없어."

"네."
"그래도 괜찮다면, 약속하자."
나는 웃으며 고개를 끄덕였다.
아마도 그거면 됐다. 확실하지 않아도 가능성이 조금이라도 있다면, 우리는 그걸 희망이라고 부른다.
희망이 있다면 앞으로 나아갈 수 있다.
"안녕히 계세요. 이름 모를 무명 배우 아저씨. 담배는 적당히 피우고 건강 챙기세요."
"그래, 잘 가. 이름 모를 가출 소녀. 아빠 속을 너무 썩이지 마."
마지막으로 둘이서 분명 아주 닮은 미소를 짓고.

""어디선가, 또 만나기를.""

우리의 마음이, 말이, 하나가 되었다.
그리고 또 각자 새로운 여행에 나섰다.
한순간 교차된 길은 다시 멀어진다.
하지만 이걸로 끝이 아니다.
그런 것을 우리는 분명 지금 주고받았다.
언젠가, 어딘가에서.
우리의 관계는 이제 부녀지간이라는 형태가 아닐지도 모르지만.
그래도 그 길이 어떤 모습을 하고 있든 간에 언젠가 다시 교차되기를. 나는, 아니, 우리는 확실하게 기도했다.

나와 아저씨의 앞날에 부디 많은 축복이 있기를.

슐 아룬
"Shule Aroon."

가는 길 무사하기를.

지금 다시 여행에 나서는 우리를 위해 그런 기도의 말을 마지막으로 읊조렸다.

그날과 똑같은 여름 하늘이 우리의 머리 위에 펼쳐져 있었다.

어째선지 이 기도는 언젠가 분명 이루어질 것 같다는 생각이 들었다.

4

타카미네의 모습이 보이지 않게 되어 나무에 등을 기대고서 흔들리는 해바라기를 가만히 바라보고 있었다.

그러고 있으니 나뭇잎 스치는 소리가 자장가처럼 들려와서 바람과 나뭇잎 그늘에 휩싸여 잠들어 버렸다.

세상이 상냥하고 따뜻하게 마음을 녹여 기분이 말랑해졌다.

언제까지고 그 나무 그늘에서 고양이처럼 몸을 말고 자고 싶어질 만큼 행복한 한때였다.

얼마나 그러고 있었는지 모르겠다.

"저 왔어요, 카자 선배."

눈을 뜨자 살짝 노을빛이 깃든 남색 하늘 아래에서 잘 아는 여자 후배가 웃고 있었다.

오랜만이라고 무심코 말할 뻔했지만 고개를 흔들고 말을 고쳤다.

아니라는 생각이 들었기 때문이다.

내가 해야 할 말은 따로 있다.

"어서 와."

아하하하, 하고 열여섯 살이 된 타카미네는 여느 때처럼 웃었다.

내가 고른 말이 정답임을 웃는 얼굴이 가르쳐 줬다.

햇빛에 눈이 타는 것처럼 아팠기에 눈을 찌푸리고서 빛이 배어나는 미소를 보았다.

"타카미네 루리, 다녀왔습니다."

내밀어진 손을 물끄러미 보고, 거기에 이제 별의 관이 없음을 확인하고서 손을 잡고 일어났다. 읏차 하며 체중을 조금 싣자 타카미네는 깜짝 놀라 균형을 잃었지만, 그래도 넘어지지는 않았다.

그대로 내 손을 끌고 해바라기밭으로 데려갔다.

마치 빛 속을 걷고 있는 것 같았다.

"수고했어."

"정말정말 감사합니다."

"뭐야, 새삼스레."

"선배에게 뭔가 답례를 해야겠네요."

"됐어. 굳이."

"네~? 왜요? 지금이라면 말하는 건 뭐든 들어줄 건데요."

"딱히 바라지 않아."

"아하하하. 그건 여자한테 상처를 주는 말이에요. 매력이 없다는 말이나 마찬가지라고요."

"왜 살짝 화가 난 거야."

"딱히 화나지 않았는데요. 삐졌을 뿐이에요."

"별 차이 없잖아."

"뭐, 저한테 매력이 있는지 없는지는 시험해보면 알 수 있겠죠."

그렇게 말한 타카미네는 히죽 웃더니 내 셔츠 자락을 밑으로 잡아당겼다. 어린 타카미네가 자주 했던 행동이다.

허리를 숙이라는 뜻이었다.

완전히 몸에 밴 동작을 실행에 옮기기 위해 자세를 낮췄다. 무릎을 굽히고, 타카미네와 눈높이를 맞췄다.

정신이 들었을 때, 타카미네의 반듯한 얼굴이 눈앞에 있었다.

"―엥?"

내 얼빠진 목소리를 채어 가는 것처럼 쏴아아 하고 바람이 불었다. 여름 냄새가 짙게 풍겼다. 태양을 쫓는 금색 꽃들이 흔들리는 소리였다.

세상의 모든 것이 올바른 위치에 있는 것처럼 여겨지는 한 순간.

"후우."

마치 1초를 영원으로 만들 듯, 타카미네가 시간의 흐름을 멈췄다.

해바라기만이 나와 타카미네의 비밀을 보고 있었다.

접촉한 곳이 찌릿찌릿했다.

달콤한 향기와 부드러운 감촉과 강한 체온이 머물며, 막 생긴 상처처럼 뜨겁고 뜨겁고 뜨거웠다. 무슨 일이 벌어졌는지 겨우 이해한 것은 타카미네가 조금 떨어져서 숨을 고르듯 가슴에 손을 얹고 나서였다.

수줍게 얼굴을 붉힌 채 타카미네는 말했다.

"에헤헤헤. 그럼 이거, 답례예요."

"어? 너, 너, 무, 무무, 무슨 짓을."

"제 첫 키스예요."

허둥지둥 거리를 벌리고서 가장 뜨겁게 욱신거리는 곳에 손을 올렸다.

타카미네는 손끝을 자기 입술로 가져갔다. 마치 여운을 즐기는 것처럼, 그걸 따라 시선이 타카미네의 빨간 입술로 끌려갔다.

방금, 키스를 받았다.

다름 아닌 내가, 타카미네에게.

"현역 여고생의 첫 키스예요. 여름의 추억과 여행의 답례가 됐을까요?"

"잠깐. 잠깐만. 시, 시시시, 시집도 안 간 여자애가 무슨 짓을 하는 거야!"

"우우. 카자 선배, 뭔가 아저씨 같아요. 더 기뻐해 주세요."

"아니, 그게 중요한 게 아니라……."

"딱히 그렇게 허둥댈 일도 아니잖아요. 애초에 다 알고 있다고요. 쿠로에랑도 매일 아침 하고 있잖아요?"

그리고 타카미네는 장난스럽게, 무엇보다 예쁘게 웃었다.

주변 일대에 핀, 타카미네가 좋아한다고 한 해바라기처럼.

"이마에 키스."

뭐, 그랬다.

이마에 키스 정도는 별것 아닐 터였다.

외국 영화 같은 데서 가족에게 잘 자라는 인사로 이마에 키스하는 장면을 본 적도 있다. 의미도 알고 있다.

이마에 하는 키스는 축복.

다만 역시 쿠로에한테 받는 것과 타카미네에게 받는 것을 동일시하기는 어려웠다.

"어라? 아니면 카자 선배는 여자 후배가 이마에 키스하면 의식해 버리나요? 하지만 안타깝네요. 답례는 한 번뿐이니 더 안 해줄 거예요."

타카미네가 부붑~ 하고 입을 삐죽 내밀며 양팔로 가위표를 만들었다.

그리고 나는 타카미네의 귀 끝이 조금 빨개졌다는 것을 알아차렸다. 뭐야, 이 녀석도 역시 부끄러워하고 있잖아.

멍하니 그런 생각을 하고 있으니 타카미네가 내 시선을 보고 눈치챈 것 같았다. 아마도 뜨거워졌을 귀를 손으로 만지작거리며 허둥지둥 말했다.

"그, 그럼 돌아갈까요."

"그, 그래. 하지만 돌아가는 것도 긴 여행이 되겠어."

"아뇨. 분명 순식간이에요."

"왜?"

"왜냐하면 제 소원은, 타카미네 루리의 소원은—."

타카미네가 말했다.

"「진짜 아빠」를 만나고 싶어."

•

그건 타카미네가 그날 신에게 바랐던 것.

소원의 형태는 전혀 바뀌지 않았으나 소원에 깃든 마음의 형태는 바뀌어 있었다.

타카미네가 시련을 극복하여 답을 얻었다면 그건 분명 신에게 전해진다.

타카미네가 고한 말대로 기적은 이루어지리라.

눈을 깜박였다.

눈을 감아서 만든 한 호흡분의 어둠 속에 조금 전까지 우리를 에워싸고 있었던 해바라기의 모습이 남아 있었다.

하지만 눈을 떴을 때는 이미 잘 아는 거리에 있었다.

해바라기밭은 어디에도 없었다.

잠에서 막 깬 것처럼 멍한 머리로 눈앞에 있는 현실을 받아

들였다.

낯익은 주택가.

그 한편에 「타카미네」라는 표찰이 걸려 있었다.

긴 여행 끝에 찾은 단 하나의 답.

타카미네 루리가 「진짜 아빠」라고 부를 수 있는 사람은 이제 세상에 단 한 명뿐이다.

그리고 그 사람은 이곳에 있다.

타카미네 루리가 돌아갈 곳에서 그녀를 기다리고 있다.

집이란, 가족이란 분명 그런 장소다.

여행 끝에 돌아갈 장소.

「다녀오겠습니다」와 「다녀왔습니다」를 말할 수 있는 사람.

"제 말 맞죠?"

타카미네는 어안이 벙벙해진 내 손을 의기양양하게 잡아당겼다. 그대로 「다녀왔습니다」 하고 말하며 현관문을 열었다.

나도 모르게 흠칫했다.

불도 켜지 않고 가만히 눈을 감고서 복잡한 표정을 짓고 있는 아저씨가 거기 있었기 때문이다. 누구냐고 묻지 않아도 답은 하나였다.

바로 타카미네의 아버지였다.

언제부터 이러고 있었을까.

언제까지 이러고 있으려던 걸까.

아마 내가 생각한 답은 틀리지 않았을 것이다.

타카미네가 나간 뒤부터 돌아올 때까지.

"다녀왔습니다."
타카미네는 한 번 더 말했다.
아저씨는 살포시 미소 지었다.
"긴 가출이었구나."
조금 지친 목소리였다.
하지만 그 이상으로 안도에 차 있었다.
"응."
"조금 성장했나? 얼굴이 어른스러워졌어."
"오늘부터 열여섯 살이니까. 그보다 일은 어쩌고?"
"아아, 그런 건 어찌 되든 좋아. 루리, 생일 축하한다. 그리고 미안했다."
"아냐. 나야말로 미안."
타카미네는 거기서 일단 말을 끊고 잠시 생각했다. 용기가 필요하다는 것처럼 나를 힐끔 보았다. 나는 힘있게 고개를 끄덕였다.
그리고 맞잡은 손에 조금, 아주 조금 힘을 줬다.
타카미네는 쑥스러워하며 그 말을 꺼냈다.
"아빠."
타카미네의 아버지는 눈을 크게 떴다가 「아아」 하고 고개를 숙였다.
깊디깊은 한숨이었다.
그리고 얼굴을 들더니 어째선지 내 이름을 불렀다.
"카자마츠리 군이라고 했나."

"앗, 네."

"루리가 신세 진 것 같군."

"저는 딱히 한 게 없습니다. 애초에."

"알고 있어. 아오이 양의 집에 있었던 게 아니잖아."

"어떻게 그걸."

"너희 아버지가 전부 얘기해줬거든. 루리가 너와 함께 여행을 하고 있다고."

"네?"

"사실은 그 얘기를 듣자마자 찾으러 가려고 했었어. 그리고 너를 힘껏 때려 줄 생각이었지. 루리는 소중한, 내 소중한 사람들한테서 부탁받은 귀한 딸이니까. 또래 아이와, 심지어 남자와 둘이서 여행이라니. 당연히 허락할 수 없었어. 무슨 일이 생기면 어떡해? 솔직히 지금도 너를 때리고 싶어. 너는 루리의 남자 친구인가?"

"아뇨. 그렇지는."

"그럼 언제까지 그렇게 손을 잡고 있을 거지?"

아저씨는 고요히 그렇게 말했다. 고요하기에 진심이란 게 느껴졌다. 그보다 이 사람, 생각보다 더 타카미네를 끔찍이 아끼잖아.

황급히 손을 놓자 아저씨는 만족스럽게 고개를 끄덕였다.

그래야 한다는 것처럼.

"하지만 얼추 설명하고 나서 너희 아버지가 고개를 숙였어. 분명 뭔가 이유가 있어서 그랬을 거라면서. 내 딸에게 위험한 짓은 절대로 안 할 거라고. 만에 하나 무슨 일이 생긴다면 자기가 모든 책임을 지겠다고. 그러니까 지금은 그냥 놔뒀으면 좋겠다고. 믿어지나? 만난 지 한 시간도 안 된 내 앞에서 어른이 진심으로 무릎 꿇고 고개를 조아렸어. 그래서 나는 믿기로 했어. 아, 착각하지 마. 나는 너에 관해 아무것도 몰라. 그래서 너는 도저히 믿을 수 없어. 하지만 눈앞에서 필사적으로 부탁하는 사람의 됨됨이는 알 수 있었어. 나는 네 아버지를 믿기로 한 거야. 그럼 다시 묻지. 카자마츠리 토와 군. 네 아버지의 신뢰를 배반하는 짓은 하지 않았겠지?"

타카미네가 뭐라고 말하려 했지만 황급히 제지했다.

"네."

나는 고개를 끄덕였다.

"그러냐."

타카미네의 아버지는 마침내 부드럽게 표정을 풀었다.

"그렇다면 네게 해야 할 말이 있어. 너희 아버지가 내게 아버지의 역할을 다했으니 나도 루리의 아버지로서 역할을 다하고 싶어. 고맙다. 카자마츠리 군."

그리고 깊이 머리를 숙였다.

이렇게 어른이 머리를 숙이는 건 느낌이 이상했다. 쑥스럽다고 할까, 어색하다고 할까.

하지만 분명 멋진 장면일 것이다.

그러나 그걸 깨부수는 녀석이 있는 법이라서.

"아, 하지만 아빠. 답례는 내가 이미 했으니까 괜찮아."

아저씨가 눈썹을 꿈틀거렸다.

"첫 키스, 줘버렸어."

그 이후의 움직임은, 뭐, 기민했다. 아저씨는 바람처럼 일어나 내가 도망치지 못하도록 단단히 어깨를 잡고 목소리에 여러 감정을 실으며 싱긋 웃었다.

"카자마츠리 군, 잠깐 얘기 좀 할까."

아아, 눈은 전혀 웃고 있지 않았다.

무서워.

싫다고 절대 말할 수 없는 분위기라서 이 사태를 일으킨 원흉을 노려봤지만, 아빠의 애정이 강하게 느껴져서 기쁜지 타카미네는 싱글벙글 웃고 있었다.

정말이지, 타카미네가 애정을 확인하는 방식은 꼬여 있어서 알기 어렵다.

하지만 분명 그건 타카미네만 그런 게 아닐 것이다.

사랑은 눈에 보이지 않는다.

형태가 없어서 알기 어렵고, 그렇기에 소중해서, 이렇게 몇 번이고 확인하고 싶어지는 거다.

5

아저씨의 질문 공세에서 어떻게든 벗어난 나는 오랜만에 집에 돌아갔다. 참고로 사태를 수습한 사람은 타카미네였다. 요컨대 자기가 불을 지르고 직접 끈 것이다.

현관에서 신발을 벗고, 계단 밑에 짐을 던지고, 그대로 거실로 향했다.

불 꺼진 복도에 내 발소리만이 차갑게 울렸다.

문을 열자 소파 위에 사람이 있었다.

그것도 둘이나.

한 명은 할아버지였고, 다른 한 명은 아빠였다.

늘 신고 다니는 가죽 구두가 정위치에 가지런히 놓여 있었기에 집에 있다는 건 알고 있었다. 아니, 알기에 나는 바로 거실로 온 거였다.

"안녕, 토와. 여행은 즐거웠냐?"

할아버지는 틀니를 빛내며 히죽히죽 웃었다. 전혀 기죽지 않은 모습이라서 나도 독기가 빠져 버렸다.

"할아버지가 아빠한테 이번 일을 말했지?"

"뭐, 그렇지."

"어째서? 둘러대주는 거 아니었어?"

"그런 말은 전혀 안 했어."

"그랬던가?"

전화 내용을 떠올려 보려고 해도 세세한 뉘앙스는 역시 기억나지 않았다. 하지만 말한 본인은 기억하는 것 같았다.

기억력의 문제는 아닐 것이다.

기억하는 건 할아버지가 의도적으로 그 말을 골랐다는 증거였다.

"「히로토에게 잘 얘기해 두마」라고 했지."

"그래서 확실하게 잘 얘기한 거네."

그 결과, 사정을 안 아빠는 타카미네의 집에 가서 머리를 숙였다.

딱히 화가 난 건 아니다.

그저 알 수 없을 뿐이다.

아빠가 왜 그랬는지를.

내 표정에서 생각이 뻔히 보였는지.

할아버지는 「토와야」 하고 말했다.

"예전에 내가 「부모의 특권」이라고 말했을 때 기억하냐?"

그건 기억했다.

할아버지가 슬슬 아빠를 용서해 주라고 했었다. 아빠 편을 드는 거냐며 토라진 내게 할아버지가 말했었다.

『그런 게 아니야. 하지만, 너한테 그 녀석은 아빠여도 나한테는 몇 살이 되든 그저 어린애거든. 조금은 부모다운 일도 해주고 싶어. 부모의 특권 같은 거라고 생각하면 돼.』

『특권?』

『그래. 특권. 다른 녀석에게는 양보할 수 없어. 뭐, 너는 아직 이해 못 하겠지만 말이다.』

고개를 끄덕이고 대답했다.

"그래. 기억해."

"나는 너의 할아버지고, 히로토는 네 아빠야. 그러니까. 내가 특권을 뺏을 수는 없었어."

"무슨 말이야?"

내가 고개를 갸웃하자 할아버지는 타이르듯 천천히 말해 줬다.

"자식을 위해 머리를 숙이는 건 부모의 「특권」이야."

마음에 스며드는 것처럼 상냥하고 따뜻한 소리였다. 그래서 일까.

가슴 부근이 뭉클하게 뜨거워지고, 코가 찡해지고.

그리고, 그리고.

시야가 흔들렸다.

눈을 비빈 손바닥이 뜨거운 뭔가에 젖어 있었다.

"세상에서 그걸 해줄 수 있는 사람은 부모뿐이야. 친구도 아니고, 조부모도 아니고, 형제도 아니라 부모의 역할이고, 의무고, 특권이야."

그러고 보니 그때도 할아버지는 아빠를 위해 머리를 숙였었다.

그리고 아빠도, 내가 뭘 하고 있는지 모르면서, 그저 내가 아들이라는 이유만으로 오롯이 믿고 타카미네의 아버지에게 머리를 숙였다.

타카미네의 아버지도 그랬다.

딸과 같이 여행해줘서 고맙다며 나 같은 애송이에게 머리를 숙였다.

"누구에게도 양보하고 싶지 않은 특권이야. 나도 이 녀석의 부모니까 알아."

그러고서 할아버지는 아빠의 머리를 마구 헝클었다.

하지 마, 아버지, 하고 아빠가 할아버지의 손을 뿌리쳤다. 모르는 얼굴을 한 아빠가 거기 있었다. 어린애 같은 표정을 짓고 있었다.

이제 쉰 살이 되려고 하는 어른인데.

마침내 나는 아빠의 얼굴을 똑바로 볼 수 있었다. 흰머리가 조금 늘었다. 주름도 늘었다.

나는 아주 오랜만에 「아빠」 하고 부르려고 했다.

하지만 목이 말라서 목소리가 나오지 않았다.

침을 삼키고, 바싹 마른 입술을 핥고, 다시 한번 그 말을 꺼냈다.

"아빠."

"응?"

하고 싶은 말은 이것저것 있었다.

해야 하는 말도 많았다.

하찮은 고집을 부려서 미안해.

걱정 끼쳐서 미안해.

하지만 그런 말은 하나도 필요하지 않았다. 자식의 죄를 자신이 책임지고 죄송하다며 머리를 숙이는 존재가 부모라면.

거기다 또 미안하다고 하는 건 잘못됐다.

더 알맞은 말이 있었다.

"고마워. 믿어 줘서, 오늘까지 기다려 줘서, 고마워."

그 한마디를 하기까지.

긴 시간이, 정말 긴 시간이 필요했다.

있지, 누나, 하고 맨 처음 보고해야만 하는 사람을 속으로 불렀다.

나도 찾았어.

멋대로 화내고, 화풀이하고, 꼬여서.

오랫동안 제대로 마주하지도 않았던 아들을 위해 머리를 숙여 주는 사람.

아무 말도 안 했는데 멋대로 나를 믿어 주는 사람.

그런 사람은 온 세상을 찾아봐도 여기에만 있다.

그 사람이 누구냐고 묻는다면 나는 당당히 대답할 거다.

우리 아빠라고.

정말로 할아버지의 말이 맞았다. 이 가출은 타카미네만을 위한 게 아니었다.

나도 뭔가를 확실하게 손에 넣었다.

「아, 그리고」 하고 방금 생각났다는 것처럼 운을 떼고서 나는 새삼스레 말했다.

"다녀왔습니다, 아빠."

"그래. 어서 와. 토와."

긴긴 여행 끝에.

나는 마침내 돌아왔다.

가족이 있는, 이 집에.

에필로그

채색된 필름

결국 타카미네의 생일 파티는 며칠 뒤에 열리게 되었다.

장소는 사진부 동아리방.

자습하러 등교한 토카 선배와 하이로 부장도 도중에 합류했다. 여름 특강 때문에 정신력이 상당히 마모됐었는지 토카 선배가 기뻐하는 모습이 매우 인상적이었다.

전화로 초대했을 때도 말이 끝나기가 무섭게 반드시 갈 거라고 외쳤고.

그럼, 하고 대표로 건배사를 맡은 미야노가 모두의 시선을 모으고서.

"루리, 생일 축하해!"

최대한의 마음을 담아 타카미네에게 보냈다.

"축하해~."

"축하해."

"축하해요."

미야노의 건배사에 맞춰 모두가 종이컵을 들었다. 탁, 툭, 출렁, 컵에 담긴 액체가 흔들리는 소리가 났다.

타카미네는 손에 든 주스를 조금 마시고서 싱긋 웃었다.

"아하하하. 고마워요~! 선배님들도 이렇게 멋진 생일 케이크를 만들어 주시고."

나와 모모우의 합작이자 역작이자 걸작인 과일 타르트를

보고 타카미네가 머리를 숙였다.

기뻐하는 것 같아서 다행이었다.

모모우와 시선을 주고받고 서로 고개를 끄덕였다.

기분상으로는 하이파이브.

무난하게 쇼트케이크로 만들자는 의견도 있었지만, 마침 이번 달 발매된 스위츠 클럽에서 타르트를 특집으로 다루기도 해서 그걸 참고해 만들기로 했다.

여름의 상쾌한 분위기에 맞춰, 단맛을 줄인 레어 치즈 타르트에 새콤달콤한 과일과 과즙으로 만든 젤리를 듬뿍 올렸다.

시럽을 바른 베리가 보석처럼 빛나고 있었다.

"그나저나 이거, 정말로 직접 만든 거예요? 가게에서 파는 것 같아요."

"생일에 케이크 구워 주겠다는 약속을 못 지켰으니까. 조금 분발해봤어."

"기뻐요."

타카미네가 가슴 앞에서 손을 모으고 눈을 반짝거렸다.

한편 내 옆에서는 하쿠노가 포크를 들고 눈을 번쩍거리고 있었다. 그걸 쿠로에가 「안 돼요, 언니」 하고 달랬다.

하지만 그것도 몇 분 못 갈 것이다.

하쿠노는 「기다려」를 장시간 유지할 만큼 훈련되지 않았다. 「먹어」라고 말하면 자르지도 않았는데 그대로 달려들 분위기였다.

스테이, 스테이 하고 쿠로에와 내가 하쿠노의 식욕을 달래는 사이에 미야노와 코가네이가 솜씨 좋게 타르트에 초를 꽂았다.

긴 초 하나로 10년.

작은 초 여섯 개로 6년.

합쳐서 16세.

타카미네는 계속 사양했지만, 다 같이 해피 버스데이 투 유 하고 합창도 했다.

타카미네는 와~ 으아~ 하고 민망해했지만, 오렌지색 촛불을 받은 그녀의 얼굴이 줄곧 웃고 있다는 것을 나뿐만 아니라 모두가 알고 있었다.

모두의 박수로 노래가 끝났다.

갈채 속에서 타카미네가 단숨에 촛불의 오렌지색을 날려버렸다.

활짝 열린 창문으로 취주악부의 나팔 소리가 들려왔다.

빰, 빰, 빠바밤.

바람처럼 들리는 강한 소리는 여름의 더위에도 지지 않았다. 푸른 하늘을 한층 빛내듯 하늘 높이 날아올라 울렸다.

이런 날은 온 세상이 축복해 주는 것 같은 느낌이 든다.

"정말로 고마워요."

열여섯 살이 된 타카미네를 중심으로 모두가 웃었다.

그 후로는, 뭐, 작은 연회 같은 느낌이 되었다. 술도 없고, 대단한 먹거리도 없었다. 있는 거라고는 타르트와 스낵 과자와 주스뿐이었다.

하지만 다들 즐거운 분위기에 취해 있었다.

파티의 주인공인 타카미네가 자리에서 일어나는 것을 보고 나도 일어났다.

그걸 보고 내 의도를 눈치챘을 토카 선배가 손에 입을 대고서 「힘내」 하고 숨이 목소리로 바뀔락 말락 하는 세기로 속삭였다.

나는 그 성원에 손을 흔들어 대답하고 타카미네의 뒤를 쫓았다.

동아리방을 나가서 어둑한 복도를 뚜벅뚜벅 걸어가는 타카미네를 불렀다.

"어~이, 타카미네."

"네?"

뒤돌아본 타카미네에게 이리 오라고 손짓했다.

제스처가 잘 전달됐는지 느긋하게 뚜벅뚜벅 걷던 타카미네가 부름을 따라 이쪽으로 쪼르르 돌아왔다.

대수롭지 않게, 부담스럽지 않게, 산뜻하게 끝낼 생각이었다.

별로 대단한 건 아니라는 듯이.

안 그러면 민망해서 완수할 수 없을 것 같았으니까.

"무슨 일이에요?"

"이거."

얼굴을 마주 보면 빨개질 것 같았고, 그걸 이 녀석이 눈치채는 건 싫어서. 그래서 서툴게 고개를 돌리고 주머니에서 꺼낸 「그것」을 투박하게 내밀었다.

만든 사람은 나였고, 포장은 센스가 전혀 없는 나 대신 토카 선배가 해줬다. 힘내라고 했던 토카 선배의 목소리가 보이지 않는 힘이 되어 등을 밀어주고 있는 것 같았다.

"줄게."

그렇기에 그 한마디를 말할 수 있었다.

"흐에?"

"생일 선물이야. 눈치 없는 녀석이네."

"아까 받았어요. 타르트."

"그거랑은 별개로. 잔말 말고 얼른 받아."

"왜 살짝 화가 나있는 거예요? 그보다 왜 저는 혼나고 있는 거죠."

타카미네가 불만스럽다는 듯 뺨을 부풀렸다.

화난 거 아니야. 부끄러워서 그래. 쑥스럽다고. 그 정도는 눈치채라. 평소의 너라면 헤아릴 만한 수준의 문제잖아.

그런 불합리한 마음은 물론 꼭꼭 씹어 삼켰다.

"선물이 두 개여도 딱히 상관없잖아."

"하아. 그야 물론 저는 기쁘지만."

"그럼 아무 문제 없네."

그래도 좀처럼 받으려고 안 하는 타카미네의 손을 강제로 잡아서 억지로 떠넘겼다.

"자, 제대로 받아."

"하, 하아."

별로 크지 않은 물건이었다.

정말로 손바닥만 했다.
가격도 재료비만 따지면 1000엔도 안 됐다.
마침내 그것이 타카미네의 손안에 잘 자리 잡은 것을 보고 고개를 끄덕였다.
이로써 미션 컴플리트.
그래서 나는 바로 동아리방에 돌아가려고 했지만, 잠깐 기다리라는 타카미네의 목소리에 몸이 어중간한 위치에서 멈춰 버렸다.
타카미네의 목소리는 거부를 허락하지 않는 강한 힘을 지니고 있었다.
"이거, 여기서 열어 봐도 돼요?"
"그래. 딱히 상관없어."
"그럼."
그리고 천천히 포장이 풀어졌다.
리본을 스르르 풀고 타카미네가 꺼낸 것은 열쇠고리였다.
다만 그것은 가게에서 파는 평범한 열쇠고리가 아니었다.
아크릴 케이스에 색을 띤 필름이 들어 있었다.
그게 사슬처럼 여러 개 이어져 있었다.
찍혀 있는 소녀는 같은 여자아이지만 어딘가가 달랐다.
열세 살 소녀는 개울에서 물장구를 치고 있었다.
열 살 소녀는 즐겁게 크레이프를 먹고 있었다.
여덟 살 소녀는 밤바다에 서 있었다.
일곱 살 소녀는 플라네타리움에서 감동하고 있었다.

여섯 살 소녀는 여름 축제의 불꽃을 멍하니 보고 있었다.

그리고 해바라기에 둘러싸인 다섯 살의 타카미네는 그 눈부신 광경에 파묻히지 않고 웃고 있었다.

세상에 단 하나뿐인, 타카미네 루리의 나날을 오려 낸 조사진. 아니, 조필름이라고 해야 하나.

아무튼 그런 물건이었다.

제목은 「여름 시간」.

타카미네와 내가 둘이서 보낸 여름의 시간을 엮은 리버설 필름의 묶음이었다.

"이거."

열쇠고리를 들어 빛에 비춰 본 타카미네가 나직이 중얼거렸다. 그리고 소중히 품었다.

타카미네는 웃고 있었다.

필름 속 여자아이들의 미소와 닮았지만, 어느 아이보다도 조금 더 어른스럽게.

확실히 웃고 있었다.

안도의 한숨을 쉰 것도 잠깐.

"이러시면 곤란한데 말이죠."

"어? 아. 그런가. 미안."

기뻐해 줬다고 생각했는데 아무래도 지레짐작이었나 보다.

하지만 그거야말로 지레짐작이었다.

내가 어깨를 떨구자 타카미네는 「아뇨, 아뇨~」 하고 귀엽고 잔망스럽게 고개를 가로저었다.

"그런 뜻으로 말한 건 아닌데요. 아하하하. 있죠, 카자 선배."
"응?"
"저, 남자 친구 없어요."
"알아. 열 살의 네가 말했으니까. 첫사랑도 아직이랬나."
"……저는 아오랑 싸울 생각 없어요. 절친이니까."
"뭐, 너희가 싸우는 건 상상이 안 가지. 근데 얘기 이어지고 있는 거 맞아?"
"이어지고 있어요. 정말, 제대로 들은 거 맞아요?"
"어? 진짜냐."
"카자 선배는 여심을 모르니까 어쩔 수 없지만. 그래도 지금만큼은 그대로, 둔감한 선배로 있어 주세요. 있죠. 지금부터 제가 하는 말은 다른 사람한테 말하지 말아 주세요. 그리고 질문도 금지예요. 여기서만 잠깐 하고 끝내는 얘기니까. 하지만 부디 잊지 말아 주세요. 제 말을 기억해 주세요. 그거면 돼요."
타카미네가 검지를 척 세웠다.
그걸 살짝 붉은 입술에 댔다.
「비밀 얘기」라는 포즈를 취하고서.

"저, 좋아하는 사람이 생겼어요."

타카미네는 장난스럽게 히히히 웃었다.
늘 보던 웃음보다도 앳되고, 소악마 같아서.

심장이 조금 빠르게 뛰는 그런 미소였다.

"그런가."

"네."

그 말만 했다.

그 이상은 아무것도 묻지 않았다.

약속했으니까.

수줍게 웃는 얼굴.

붉어진 귀.

꽉 움켜쥔 탓에 주름이 생긴 치마.

어디를 오려 내도 타카미네의 「감정」을 알 수 있었다.

사진전의 모티프에 딱 맞았다.

하지만 여기에 카메라는 없었고, 있었어도 사진은 안 찍었을 거라고 나답지 않은 생각을 했다.

사진전에 내서 많은 사람에게 보여 주기 싫다고 할까.

독차지하고 싶다고 할까.

아아, 틀렸나. 아니다. 그게 아니다. 이건 나와 타카미네, 둘만 아는 「비밀 얘기(여름 시간)」다.

그러니까 비밀.

누구에게도 가르쳐 주지 않겠다.

타카미네 루리가 지금 전신전령으로, 어딘가에 있을 누군가를 사랑하고 있음을.

올여름 우리가 겪은 조금 신기한 여행의 모든 것을.

"카자 선배, 선물 고마워요. 소중히 여길게요."

타카미네가 과장되게 경례했다.
역시 웃고 있었다.
"그래, 생일 축하해. 타카미네."
그 모습은 여름에 흔들리는 해바라기처럼 매력적이었다.

연회가 끝난 후.
하쿠노와 쿠로에는 저녁 장보기를 부탁받았다며 둘이서 손잡고 마을 쪽으로 가버렸다. 「twilight」 세 사람은 타카미네의 집에서 2차 파티를 연다고 했다. 하이로 부장은 학원에 갔고, 모모우는 다른 친구와 약속이 있다고 했다.
그런고로 남은 사람은 나를 포함해 두 명뿐이었다.
참고서가 가득 든 가방을 어깨에 멘 토카 선배가 옆에서 터벅터벅 걷고 있었다.
"타카미네가 좋아해줘서 다행이야."
"포장 도와줘서 고마워."
"별말씀을. 하지만 의외였어. 토와 군, 과자 같은 건 장식 잘하잖아. 손재주도 나보다 훨씬 좋고."
"제과는 지식과 경험이 있으니까. 그래서 좋고 나쁜 걸 판별할 수 있지만, 그런 포장은 다 똑같아 보이거든. 판별하기 어렵다고 할까. 이왕 주는 거 제일 기뻐하는 형태로 주고 싶잖아."
"으으. 그렇게 말하니까 자신 없어졌어. 제일 기뻐해줬으려나."

"괜찮아. 웃어 줬으니까."

그렇게 말하자 토카 선배는 휘둥그레진 눈으로 나를 봤다가 활짝 웃었다.

마음속에 있는 무언가가 살짝 흔들린 것 같았다.

"그렇구나. 웃어줬다면 괜찮겠지. 아무튼 오늘은 집까지 데려다주는 거지?"

"어. 그럴 생각인데."

"응응. 그럼 잠깐만 어디 들렀다 가도 될까?"

"딱히 상관없어."

"우우."

토카 선배가 입술을 삐죽 내밀었다. 아무래도 바라던 말이 아니었던 모양이다. 이런 부분이 참 막내답다니까.

그걸 아는 건 나도 막내라서지만.

잠시 생각하고서 덧붙일 말을 찾았다.

최대한 다정한 목소리로 물어봤다.

"……어디 갈까?"

"으음~ 어디가 좋을까."

"왜 생각을 안 해둔 거야."

아하하하, 하고 토카 선배가 뒤통수에 손을 올리고서 민망한 듯 웃었다.

"아니~ 후보가 너무 많아도 고민이잖아? 공원이나 바다, 카페에서 차를 마시는 것도 좋고."

"같이 있을 수 있는 시간이 그렇게 많진 않아. 나 오늘 저녁

당번이야."

"쳇~ 토와 군은 쪼잔해~ 쪼잔해~."

말은 그렇게 하면서도 토카 선배는 즐겁게 오리지널 리듬을 붙여 쪼잔해~ 쪼잔해~ 하고 계속 노래했다.

「쳇~」이라는 말은 평소에 거의 안 썼을 것이다.

뭔가 발음이 이상했다.

국어책 읽기라고 할까.

그런 부분이 조금 귀여웠다.

"그래, 나 쪼잔해. 얼른 정해."

"네~. 음, 그럼 역시 거기려나."

"거기?"

고개를 갸웃했다.

거기라니 어디?

"답새를 하러 가보고 싶었어. 같이 가줄래?"

답새.

요즘은 불량배가 모교에 돌아가 은사와 싸우는 식의 보복 행위적 의미로 잘못 쓰이기도 하는 말이지만, 실제 의미는 소원이 성취됐을 때 답례로 예배를 드리거나 시주하는 것이라고 한다.

기나긴 계단을 오른 끝에 있는 카미시로 신사의 경내에 토카 선배와 둘이 나란히 섰다. 하늘의 주황색이 군청색에 눌려 아래로 밀려 내려갔다.

시곗바늘이 돌아갈 때마다 밤은 더 중후해지다가 마지막엔 세상 전체를 감쌀 것이다.

이윽고 밤에 남겨진 우리는 그 속에서 빛을 찾는다.

별들의 빛을.

"그렇군. 답새인가."

"응. 언니도 퇴원했고 경과도 양호하니까. 제대로 신에게 보고하고, 감사하다고 인사하려고."

맞잡고 있었던 토카 선배의 손이 스르륵 빠져나갔다.

손바닥이 떨어지고 손끝이 갈라섰다. 그래도 남은 온기가 있어서, 손을 놓아도 잡고 있는 것 같다는 신기한 생각이 들었다.

손을 놓은 토카 선배는 어린아이처럼 공기를 차듯 걸어가 미라크티어 곁으로 다가갔다.

계절에 따라 꽃잎 색을 바꾸는 아름다운 꽃은 지금 파란 얼굴을 하고 있었다.

이렇게 말하니까 뭔가 겁을 먹었거나 속이 안 좋은 것 같지만, 미라크티어의 파란색은 쾌청한 여름 하늘과 비슷했다.

그 가지 중 하나에는 꽃이 세 송이 피어 있었다.

토카 선배의 꽃이었다.

코가네이의 꽃이었다.

타카미네의 꽃이었다.

그리고 몇몇 꽃은 여전히 봉오리 상태였다.

꽃잎이 토카 선배 주변으로 하늘하늘 내렸다.

가슴 앞에서 손을 펼친 토카 선배의 손바닥에 꽃잎이 떨어졌다.
마치 눈송이 같았다.
꽃잎이 토카 선배의 열에 녹아내렸다.

파스스.

토카 선배는 미라크티어의 조각이 반짝이고서 대기 중에 녹아내리는 모습을 지켜본 후, 손바닥을 한 번 쥐었다 펴고 나무줄기에 댔다.
그리고 몸을 더 붙여서 이마를 툭 댔다.
"신이시여. 제 소원을 이루어 주셔서 감사합니다."
말한 내용은 그게 다였다.
하지만 그거면 충분했다.
사람은 모든 마음을 말로 표현할 수 없다. 형태를 만들고 보기 좋게 다듬은 시점에 어떤 마음이든 어딘가가 잘려나간다.
그게 바로 말이라는 도구가 가진 한계였다.
속마음을 전부 전하는 것은 불가능하다.
하지만 100번이나 1000번에 한 번 정도는, 뭐, 기적 같은 확률이지만, 그 정도 확률로 우연히, 소중한 마음이 제대로 전해질 때가 있다는 것도 우리는 알고 있다. 그저 그런 느낌이 드는 걸지도 모르지만.
오히려 그럴 가능성이 크지만.

하지만 그거면 됐다.

자기만족 같은 거지만.

그거면 됐다.

"토카 선배."

잠시 기다렸다가 이름을 불렀다.

토카 선배는 나무줄기에 등을 기대듯 나를 보았다. 바람이 불어와 토카 선배의 긴 머리가 날렸다. 빛이 선배 주위에서 춤췄다.

숨을 삼킬 만큼 아름다운 광경이었다.

예전에 비슷한 일이 있었지.

그날 울고 있었던 선배의 모습이 떠올라 지금 모습과 겹쳐 보였다.

하지만 지금 눈앞에 있는 토카 선배의 눈은 젖어 있지 않았다.

이제 내가 눈물을 닦아 줄 필요도 없었다. 주름진 손수건은 주머니 속에서 자고 있었고, 하쿠노에게 빌려줄 예정인 순정만화도 안 가지고 있었다.

그럼 살짝 들어 올린 이 손을 어쩔까.

어쩌면 좋을까.

아무것도 못하고 있는 빈손을 어떻게 쓸지 가르쳐 준 사람은 다름 아닌 토카 선배였다.

당연하다는 듯 다가와 내 손을 살며시 가져갔다. 부드러움과 따뜻함이 동시에 손을 감싸며 손가락 틈새로 선배의 손가락이 미끄러져 들어왔다.

“있지, 토와 군. 기억해?”

뭘 말하는 거냐고는 묻지 않았다.

분명 선배도 똑같은 생각을 한 것이다.

토카 선배가 신에게 소원을 빌었던 날.

우리가 긴 시간 끝에 재회한 날.

그 봄날을.

“물론이지. 선배는 울고 있었어.”

“그리고 네가 눈물을 닦아 줬어. 그날부터 토와 군은 내게 특별한 사람이야.”

“그 표현 좋네.”

“그치? 눈물 닦아 주는 담당.”

“그 표현은 싫어.”

“아하하하. 하지만 특별하긴 해. 여자는 특별한 사람한테만 진짜 눈물을 보이니까.”

“가짜 눈물은 괜찮고?”

“물론이지. 왜냐하면 눈물은 여자의 무기인걸.”

“우와, 여자는 무섭네.”

약간 질색하며 말하자 토카 선배는 우후후후 웃었다.

그리고 마지막으로 이렇게 덧붙였다.

“그러니까 앞으로도 쭉 「내 눈물을 닦아 주는 사람(특별한)」으로 있어 줘.”

좋다고도 싫다고도 하지 않았다.

답은 아직 나오지 않았으니까.

하지만 조금씩 뭔가가 가까워지고 있다는 예감이 들었다.
누나가 사라지고 텅 비었던 그릇에, 형태도 크기도 감촉도 냄새도 전부 제각각인 것이 담기고 있다는 걸 알 수 있었다.
대신 말했다.
"슬슬 돌아갈까."
"응."
그날.
아직 미라크티어의 꽃이 분홍색을 띠었던 그 봄날.
토카 선배는 혼자 돌아갔다.
잠시 후에 나도 혼자 돌아갔다.
하지만 이번에는 둘이서 돌아갔다.
역시 뭔가가 조금 바뀌었을 것이다.
그리고 그런 나날이 앞으로도 계속되는 거다.
아픔은 멀어진다.
슬픔은 옅어진다.
상처에는 흉하게 딱지가 질 것이다. 분명 건드릴 때마다 피가 나고 굳기를 반복하다가 어느새 그 행위에도 익숙해지리라.
그리고 끝내는 어디를 다쳤는지도 모르게 된다.
그 선택이 올바른지.
그건 모르겠다.
하지만 이 세상에서 살아가는 것은 그런 일의 반복이라는 생각을 조금 하게 되었다.
사람은 언제까지고 제자리에 멈춰 있을 수 없다.

아무리 필사적으로 버텨도, 매달려도, 거부해도, 「현실」이나 「시간」 같은 것들이 등을 떠밀어서 한 걸음 내딛게 된다. 거기에 의지는 관계없다. 녀석들은 서슴없고 자비가 없어서 도망치는 것조차 허락하지 않는다.

어디까지고 쫓아와 등을 두드린다.

몇 번이고, 몇 번이고.

그러니까 누나.

나는 누나를 잊지 않겠지만, 그래도 조금은 잊으면서 살아갈게.

누나와 잡았던 손을 다른 누군가와 잡고서 걸어갈게.

그래도 되지?

딸그락딸그락.

어디선가 신기한 소리가 났다.

그립고 애틋한 목소리가 「응, 그러면 돼」 하고 말해 준 것 같았다.

fin

프롤로그

그날, 신에게 바랐던 것은

많은 소원을 들어줬다.

소원은 사람의 마음 그 자체다. 접해 보면 영혼의 색이나 감정의 온도, 존재 방식을 알 수 있다. 그것은 때로는 한심하고, 추하고, 아주 아름답다.

뭐, 그렇다고 해서 소원에 귀천 같은 건 없지만.

그렇기에 전달된 순서도, 간절한 정도도 관계없다.

마침 시야 끄트머리에 기도하는 모습이 잡혔다든가, 문득 목소리가 들렸다든가, 어느 것을 고를까요 하고 손으로 찍는 식으로 나는「별의 행혼」을 정했다.

그렇기에 이번 일은 어쩌면 변칙적인 일이었을지도 모른다.

그해의「별의 행혼」으로 고른 소년을 나는 알고 있었다.

몇 년이나 질리지도 않고, 포기하지도 않고, 기적의 꽃에 기도를 올렸던 아이였으니까.

가늘게 봄비가 내리는 날이었다.

두껍게 구름이 끼고 벼락이 세상을 세로로 갈랐다.

중력에 붙잡힌 하늘의 눈물이 꽃잎에 닿아 튀었다. 파스스, 파스스. 너무나도 여린 미라크티어의 기적은 풀어져서 빛 알맹이로 변했다.

그 희미한 빛이 회색 세상에서 한 소년의 형태를 어렴풋이 건져 올렸다.

여기까지 계속 달려왔는지 소년은 숨을 몰아쉬고 있었다.
나는 미라크티어 아래에서 내내 비를 맞는 소년 앞에 나타나 말했다.

"카자마츠리 토와. 그대가 대가를 지불한다면 나는 그대의 소원을 이루어 주겠습니다."

갑작스러운 일에 토와는 흠칫하며 호들갑스럽게 놀랐지만 금세 기울어진 마음을 바로 세웠다. 내가 무엇인지 깨달았을 것이다.
환희와 당혹의 색이 짙게 떠올라 있었다.
눈을 마주 보며 나는 계속 말했다.
"그러니까 소원을 말해."
그가 줄곧 원했을 말을.
숨을 마시고 뱉기만 하던 입술의 형태가 조금 일그러졌다. 하지만 좀처럼 말이 되어 나오지 않았다.
「누」와 「을」의 형태를 한 날숨만 새어 나왔다.
그런 자잘한 소리는 비가 전부 삼켜 버렸다.
나는 기다렸다.
소원이 형태를 이루기를 계속 기다렸다.
이윽고 그는 이렇게 말했다.

"누나의 소원을, 이루어 줘."

말하고 나니 모호했던 마음이 확실해졌는지.

"나는, 그래. 나는 누나의 소원을 들어줬으면 좋겠어. 부탁할게. 제발. 이루어 줘."

염불이라도 외는 것처럼 토와는 「제발, 제발」 하고 계속 말했다. 그렇게나 떨리고 작았던 목소리가 말이라는 형태를 얻으면서 힘을 키웠다.

"그게 너의 소원이야?"

"그래, 맞아. 이게, 이것만이 내 소원이야!"

"정말로?"

"그래."

"정말로 그런 게 너의 소원이야?"

물어본 목소리는 의도치 않았음에도 차가웠다.

"다른 소원 같은 건 없어."

내 질문을 뿌리치듯 고개를 흔들고서 토와가 헐떡였다.

내가 얼굴을 찌푸렸다는 것을 그는 눈치챘을까.

아니. 분명 몰랐을 것이다. 눈앞에 느닷없이, 마침내 나타난 희망에 소년의 눈은 완전히 멀어 버렸다.

아마도 지금까지 들었던 수많은 소원 중에서 가장 어리석은 소원이었다.

아니.

그건 「자신의 소원」조차 아니었다.

토와가 말한 것은 「누군가의 소원」이었다.

그것들은 아주 비슷하지만 실상은 전혀 달랐다.

소원이 마음이라면, 토와의 마음은 텅 비어 있었다.

카자마츠리 토와라는 그릇은 무색투명하며 텅 비어 있었다.

그래서 자신이 아닌 누군가의 소원을 들어달라고 말한 것이다. 자신의 소원조차 갖지 못한 마음이 대가를 지불할 수 있을 리 없는데.

카자마츠리 토와는 틀렸다.

별의 행혼이 되지 못했다.

하지만 다행인지 불행인지.

기도만큼은 확실히 신(나)에게 전해졌다.

그렇다면 나는 올바른 「별의 행혼」에게 가야 했다. 그 이상 나눌 말은 더 없었다.

소년을 혼자 남겨 두고서 나는 빗속에 녹아들었다.

그제야 마침내 내 일그러진 표정을 눈치챘는지.

"왜, 어째서."

당황한 목소리가 내 등을 때렸다.

그래, 그의 소원은 이루어지지 않는다.

왜냐하면 그런 것은 어디에도 없으니까.

"기다려, 기다려."

빗소리가 커졌다.

그에 저항하듯 소년은 외쳤다.

"잠깐만! 기다려 줘. 제발, 제발, 제발. 뭐든 줄게. 뭐든 할게. 대신 죽으라고 한다면 내가 죽을게. 그러니까. 그러니까. 누나가, 누나의—."

무슨 말을 하든 나는 돌아보지 않는다.
이야기는 끝났다.
토와가 한 번 콜록거렸다.
목소리가 끊어졌다.
말은 더 이어지지 않았다.
그저 그것만으로도 텅 빈, 너무나도 취약한 소원의 도금이 벗겨져 버렸다.
남는 것은 아무것도 없었다.
한 번만 더 말하겠다.
카자마츠리 토와는 이 시점에 텅 비어 있었다.
"아—."
그래서 가장자리부터 떨어져 나간 마음은 녹아내렸고.

"아, 아아아. 아아아—."

귓속에서 멀어지는 목소리는 최후의 순간이 찾아왔을 땐 이미 말이라는 형태조차 유지하고 있지 않았다.

✧

소녀는 새하얀 방에 혼자 있었다.
마치 세상에 남겨진 단 한 명의 인류 같았다.

청결감이 드는 하얀 파자마와 길게 기른 검은 머리.

그리고 깔끔하게 잘린 손톱.

최소한의 차림새를 갖췄을 뿐인 그 모습이, 그녀가 이곳에서 긴 세월을 보냈음을 어떤 말보다도 더 유창하게 설명하고 있었다.

내가 스르르 모습을 드러내자 일순 흠칫했지만, 소녀는 금세 부드럽게 웃었다. 그 표정의 이름을 나는 알고 있었다.

몇 번이나 봤기 때문이다.

나는 1년에 딱 한 번만 소원을 들어준다.

반대로 말하자면, 많은 사람이 소원을 이루지 못했다는 뜻이다.

그럴 때 그들은 하나같이 똑같은 표정을 지었다.

희망과 쌍을 이루는 감정은 절망.

그리고 그저 포기한다.

하지만 소녀는 뭔가 착각하고 있는 것 같았다.

"안녕하세요, 천사님."

거기 있는 줄 알고 있었다는 것처럼 의기양양한 얼굴이었다. 사진 찍어서 보여 주면 얼굴이 빨개져서 이불 아래로 숨어 버리겠지.

나는 크흠 헛기침하고 소녀의 잘못을 정정했다.

"나는 천사가 아니야."

"어? 아니야? 그 모습이?"

소녀는 눈을 깜박이며 고개를 갸웃했다.

"네가 어떤 편견을 가지고 있는지 모르겠지만, 아니야."
"흠. 그럼 사신님이구나."
"미묘하게 가까워진 게 짜증 나지만, 그것도 아니야."
"그럼 누구?"
"누구냐고 물으면 조금 곤란한데. 나는 너희 같은 이름이 없어. 하지만, 그래. 이 마을 사람들은 나를 「하얀 신」이라고 불러."
"하얀 신이라면, 미라크티어의?"
"그래."
긍정하자 소녀는 다시 고개를 갸웃했다.
이번에는 왜 자기한테 왔냐는 얼굴이었다.
그에 대한 답은 있었다.
"네 동생인 카자마츠리 토와가 말했어. 카자마츠리 이로하의 소원을 들어달라고. 그래서 나는 이곳에 왔어."
"그랬구나. 토와가."
그 말만 중얼거리고서 이로하는 슬픈 얼굴로 시선을 내렸다.
시선을 좇으니 책 한 권이 바닥에 굴러다니고 있었다.
흑백 사진이 표지로 쓰인 그 책에는 「잔잔한 마을에서 노래해」라고 적혀 있었다.
그 모습이 어째선지 몹시 애처롭게 느껴졌다.
"그러니 소원을 말해. 병을 고쳐 달라는 것이든, 영원한 젊음과 수명을 달라는 것이든 뭐든 좋아."
"영원한 젊음과 수명? 그런 걸 바란 사람이 있어?"

"아니, 없지만 대가를 지불한다면 어떤 소원이든 이루어 줄게."

"어라? 나한테서 대가를 받는 거야? 소원을 빈 사람은 토와잖아?"

"하지만 그건 토와 자신의 소원이 아니었어. 그건 텅 빈 그릇이야. 그렇기에 지불할 대가를 가지고 있지 않아. 결과적으로 그 아이가 한 건 기적에 이르는 권리를 양도한 거려나."

"흐응. 잘 모르겠지만. 어쨌든 내 소원을 들어준다는 거지?"

"그래."

"그리고 대가도 내가 지불하고."

"맞아."

"뭐, 그건 딱히 상관없지만."

조용한 병실 밖에서 분주한 발소리가 들렸다.

성질 급한 간호사가 있는지.

성가신 환자가 있는지.

잠깐만요, 요시조 씨, 그거 먹으면 혈당치가 올라가요! 먹으면 안 돼요! 그거 이리 주세요. 시끄러워, 아까 텔레비전에 나왔어. 장수의 비결은 좋아하는 걸 마음껏 먹는 거랬어. 그러니까 나는 먹을 거야. 좋아하는 걸 마음껏 먹을 거야. 여든을 넘기셨으면서 그런 어린애 같은 소리 하지 마세요. 나는 아직 동심을 버리지 않았어—.

어— 어— 어—.

할아버지의 목소리가 메아리쳤다.

두 사람의 목소리가 발소리와 함께 멀어졌다.

그걸 이로하도 듣고 있었는지 작게 웃었다.

"여든이래. 굉장하네. 그런데도 더 오래 살고 싶어 하시는구나."

마치 자신은 아니라는 것처럼 말했다.

시선을 보내 물으니 이로하는 아하하하 하고 난처한 듯 웃었다.

"나는 누나니까 토와 앞에서는 센 척했어. 그러니까 분명 그 아이는 내가 병이 나아서 건강해지기를 지금도 바라고 있다고 순수하게 믿고 있겠지. 하지만 사실은 살아갈 기력 따위 안 남아 있어. 살고 싶다는 생각은 조금도 안 해. 나는 이제 됐다고 생각하고 있어. 눈을 감으면 옆에 사신이 서 있는 걸 알 수 있어. 나를 데려갈 날을 말없이 기다리고 있어. 벌써 몇 년이나. 나도 사신도 지쳤어. 치료는 고통스럽고, 부모님에게는 폐를 끼치고. 동생에게는 걱정만 끼치고. 마지막으로."

이로하는 거기서 일단 말을 끊었다.

바닥에 굴러다니는 책을 한 번 더 보았다.

"마지막으로 그 아이에게 해 주고 싶었던 일도, 잘 안 풀렸고."

"뭘 해 주고 싶었는데?"

"미래를 주고 싶었어. 토와는 몇 년간 내 병 때문에 여러 가지를 잃었어. 친구와 놀 시간에 나를 위해 사진을 찍어서 매일 병문안을 와. 부모님이 병문안 올 시간을 만들 수 있게 집안일을 배웠어. 언젠가 사라질 나를 위해서 많은 시간을 희생했어. 아까 토와는 텅 빈 그릇이라고 했지?"

"그래."

"그건 분명 내 탓이야. 하지만 과거는 되돌릴 수 없어. 현재는 바꿀 수 없어. 그러니 내가 사라질 미래에 토와가 혼자 살아갈 수 있도록, 그걸 도와줄 것을 남겨 두고 싶었어."

"그게 이 책이야?"

나는 그제야 바닥에 굴러다니던 책을 들었다. 생각보다 두껍고 무거웠다. 그걸 내밀자 이로하는 고맙다며 수줍게 인사했다.

상냥한 손길로 표지를 쓰다듬었다.

내려다보는 눈길에는 봄 햇살 같은 눈부심과 온기가 담겨 있었다.

"동생은 사진을 아주 좋아해. 언제부터인가 나를 위해 사진을 찍게 되었지만, 그건 기뻐하면 안 될 일이야. 사진을 찍는 이유가 나라면, 분명 내가 사라졌을 때 사진을 그만둘 테니까. 그러니까 그 아이가 사진을 계속 찍을 수 있는 미래를, 그 길을 갈 수 있는 미래를 조금이라도 남겨 두고 싶었어. 무엇보다, 내 동생이라서 좋게 보는 걸지도 모르지만, 토와의 사진은 정말 굉장해. 풍경의 색이, 흐르는 공기의 질감이, 저녁노을의 냄새와 누군가의 웃음소리가. 그런 것이 바로 옆에 있는 것처럼 느껴져서 이 흑백 세상에서 토와의 사진만이 색을 띠고 있어. 그래서 많은 사람에게 보여 주고 싶었어. 뭐, 결국엔 혼났지만 말이지."

"그럼 네 소원은 그거야? 토와의 사진을 모두가 볼 수 있도록, 사진가로 대성하는 것."

"아니. 굳이 그러지 않아도 세상이 멋대로 토와를 찾아낼 거야. 준비는, 응. 이미 끝났으니까. 그러니까 다른 소원을 빌래."

내가 내린 결론을 듣고 이로하는 명랑하게 웃었다.

힘이 들어가지 않는 손을 흐느적흐느적 내저으며 아니라고 고개를 흔들었다. 좀처럼 정답에 도달할 수 없었다.

하지만 감질난다는 눈길을 보낸 순간, 이로하의 분위기가 일변했다.

거기 있는 건 병약한 여자아이가 아니었다. 동생에게 야단맞고 의기소침해진 누나가 아니었다.

단 하나의 소원만을 움켜쥔 사랑스러운 영혼이었다.

"정말로 내 소원이 이루어진다면. 내가 토와의 소원을 들어주고 싶어."

그건 어딘가에서 누군가가 했던 말이었다.

말에 담긴 뜻은 완전히 같았다.

하지만 이로하의 소원에는 색이 있었다. 다채롭고, 상냥하고, 따뜻했다. 사람들이 사랑이라고 부르는 그런 것이 확실히 깃들어 있었다.

"하지만 그건 무리야. 그 아이에게는 자신의 소원이 없으니까."

"응. 우선 그걸 찾는 것부터 시작해야지. 많은 것을 채워 넣고, 호흡하고, 고민하고, 괴로워하고, 헤매고. 그 끝에 분명 토와는 자신의 소원을 찾을 거야. 내 소원이 아닌 자신의 소원을. 그러니까 나는 텅 빈 그 아이에게 많은 걸 주고 싶어. 토와가 진정 바라는 소원에 도달할 수 있게. 말할 수 있게.

내가 없는 세상에서 나보다 더 소중한 것을 찾아 살아갈 수 있도록. 누나로서 조금 쓸쓸하지만, 그래도 필요한 일이니까. 그러니까, 응. 그게 내 소원이야.”

“정말이지 오만하고 제멋대로인 소원이야. 마치 신 같아.”

조금 장난스럽게 욕하자 그거 좋다며 이로하가 손뼉을 짝 쳤다. 공교롭게도 그건 신에게 기도를 올리는 자세가 되었다.

“좋다니 뭐가?”

“응응. 있지, 내가 신이 돼서 토와 주위에 여러 소동을 일으키는 거야. 그 아이가 성장할 수 있도록 여러 시련을 주는 거지. 하지만 그 아이는 분명 자신을 위해서는 움직이지 않을 텐데. 아, 그래. 이 마을에는 소원을 이루고 싶은 아이가 많잖아. 그 아이들을 이용하자. 토와는 곤경에 처한 아이를 내버려 두지 못하니까 이러니저러니 해도 반드시 도와줄 거야.”

이로하가 혼자 납득하고 이야기를 척척 진행해서 나도 모르게 입을 벌렸다. 사람들이 내게 바치는 수만 개의 기도 중에 신이 되고 싶다는 소원은 하나도 없었다.

별나다고 생각함과 동시에 재미있었다.

이런 인간은 처음이었다.

그렇게 생각하며 키득키득 웃고 있으니 이로하가 갑자기 뭐라고 말했다.

의미를 파악하는 데 조금 시간이 걸렸다.

“뭐?”

내가 이런 목소리를 낸 게 몇 년, 아니, 몇백 년 만일까.

"그러니까, 토와를 보좌할 사람이 필요하다고. 네가 해줘."

"이해가 안 되는데. 네가 직접 하면 되잖아."

"안 돼. 내가 옆에 있으면 토와가 자립할 수 없는걸. 나는 중증 브라콤이고, 동생도 중증 시스콤이야. 서로가 서로에게 의존하고 있어. 하지만 그건 비틀린 형태고, 언젠가 제대로 졸업해서 홀로 서야 해. 토와는 혼자 걸을 준비를 해야 해. 그걸 위한 준비를 다른 누가 아닌 내가 해주고 싶어."

자신이 대신 신이 될 테니, 신보고 인간이 되라고 한다.

정말로 그 동생의 혈육인가 싶을 만큼 욕심이 컸다. 아니, 어쩌면 이로하에게는 그것 말고 아무것도 없기 때문일지도 모른다.

그래서 이로하의 소원은, 마음은, 기도는 무엇보다도 똑바로 내게 전해졌고, 무엇보다도 강하게 나를 흔들었다.

"소원은 알겠어. 그럼 다음. 내가 네 소원을 이루어 준다면, 아니, 소원을 이루는 걸 도와준다면 너는 내게 대가로 뭘 줄 거야?"

"전부."

망설임은 없었다.

1 더하기 1이 뭐냐는 질문에 2라고 대답하듯 이로하는 미리 그 답을 준비해 뒀다.

그렇기에 나온 즉답이었다.

오히려 내게 잠시 시간이 필요했다.

"……어째서, 그렇게까지 해?"

내가 묻자 이로하는 어리둥절해하며 고개를 갸웃했다. 질문을 이해하지 못해서 그러는 것 같지는 않았다. 그런 당연한 걸 왜 묻냐는 느낌이었다.

이윽고 「뭐, 상관없나」 하는 식으로 태양처럼 밝게 웃었다.

"왜냐하면 나는 누나니까. 토와가 내 말을 잘 지키는 건 그 아이가 내 동생이라서야. 그럼 나는 토와의 누나로서 토와를 이끌어 줄 의무가 있어. 할아버지의 표현을 빌리자면 특권이려나. 누구에게도 양보할 수 없어."

그런고로, 하고 이로하는 그 아름답고 올곧은 목소리로 한 번 더 말했다.

"내 전부를 대가로 줄게. 목숨은 필요 없어. 이 육체도 영혼도 필요 없어. 현재도 미래도 전부 너에게 바칠게. 그러니까 부디 신이시여. 제 소원을 들어주세요."

그렇다면 나는 고개를 끄덕일 수밖에 없었다.

원래부터 나는 그런 존재였다.

"좋아."

"그래? 다행이다. 그럼 자세한 사항은 앞으로 검토해 나가기로 하고. 우선 하나 정해 두고 싶은 게 있어."

"뭔데?"

"네 이름. 없잖아? 불편하고, 인간이 되려면 필요할 거야. 원하는 이름 있어? 없으면 내가 지어도 돼?"

"딱히 상관없어. 뭐든 원하는 대로 지어."

"야호. 그러면."

이로하는 나를 위아래로 몇 번씩 훑어보고 나서 「응」 하고 고개를 끄덕였다.

그리고 「하쿠노」 하고 중얼거렸다.

고작 세 글자의 말이 세상에 나타난 순간, 안쪽에서 두드린 것처럼 가슴이 조금 뛰었다.

"더러움을 전혀 모르는 흰색. 그러니까 너는 하쿠노. 하얀 그대라는 뜻이야. 딱 맞지?"

"하쿠노."

나도 모르게 되뇌었다.

그걸 이상하게 오해했는지 이로하는 기뻐하며 몸을 흔들었다. 뭐야, 마음에 들었어? 하고 끈질기게 물었다.

딱히 마음에 든 건 아니었다.

애초에 이름 같은 건 어찌 되든 좋았다.

하지만 이름을 불린 순간 가슴이 뛴 것은 사실이었다.

물론 그걸 가르쳐 주진 않을 거지만.

"딱히. 뭐든 괜찮다고 했잖아."

"치, 안 받아 주네. 뭐, 상관없지만. 그럼 하쿠노. 바로 시작하자."

지금부터 뭘 해야 하는지 이로하는 알고 있었다. 이로하가 대가를 고했을 때 한 말이 근거다.

이로하는 모든 것을 바친다.

소원을 이루기 위해 영혼은 가장 마지막에 회수해야겠지만, 그걸 제외한 전부는 먼저 대가로 받을 필요가 있었다.

대가를 받고 일으키는 기적이니까.

이번 경우는, 이를테면 육체.

사람으로서의 미래.

그게 무엇을 의미하는지.

이로하가 말할 것이다.

"그래."

내가 고개를 끄덕이자 카자마츠리 이로하는 활짝 웃었다.

자신의 운명을 받아들이듯 두 팔을 벌렸다.

그건 내가 이루어 준 이로하의 첫 번째 소원이자 그녀의 생애 마지막 미소였다. 아아, 사신이라는 대답은 의외로 맞았을지도 모른다.

"나를 죽여줘."

최후에 웃으며 죽을 수 있는 인생은 멋진 거라고 누군가가 노래했지만, 인생의 가치를 정하는 사람은 자기 자신이다.

그리고 답이 나오는 것은 조금 더 나중이다.

✧

준비 기간은 약 1년을 잡았다.

오랫동안 신으로 지냈으면서 내가 인간 세상에 너무 무지한 탓도 있었고 — 이로하의 지시로 순정만화라는 책을 통해 공부하게 되었다 — 이것저것 준비 작업도 필요했다.
예를 들어 이로하가 신의 힘을 잘 쓰기 위한 연습이라든가.
현세에서 내가 있을 곳도 준비해야 했고.
미라크티어를 모시는 카미시로 가문에 살면서 토와와 접점을 만들기 위해 소꿉친구라는 설정을 덧붙였다.
과거를 개찬하고 많은 사람에게 가짜 기억을 심어 토대를 만들었다.
그리하여 나는 카미시로 가문의 장녀, 쿠로에의 언니.
나나키 고등학교 2학년생.
카자마츠리 토와의 소꿉친구.
카미시로 하쿠노가 되었다.
거짓으로 점철된 자신이 우스꽝스러웠지만 신기하게도 나쁘지 않았다.
1년간 이로하와 함께 지내면서 상당히 물들어 버린 모양이다.
그렇게 토와의 열일곱 번째 생일을 맞이했다.
나는 조금 떨어진 곳에서 이로하와 토카의 회합을 보고 있었다. 분홍색 꽃이 핀 미라크티어에 이로하의 소원의 가지가 하나.
지금은 전부 꽃봉오리 상태로, 피어날 언젠가를 기다리고 있었다.
토카가 소원을 말하고 이로하가 시련을 줬다. 내 힘을 가진 이로하는 새하얀 모습을 하고 있었다. 대가를 받고 기적을 일으키는 나와 달리 이로하는 시련을 줘서 기적을 일으켰다.
그 시련에 토와를 끌어들이는 것이 내가 할 일이다.

나는 이로하가 든 바구니를 주시했다.

텅 빈 그것은 토와의 마음이다.

그것이 무지갯빛 꽃으로 가득 찰 때, 소원은 기적에 이르고 미라크티어는 활짝 피어난다. 카자마츠리 토와는 자신의 소원을 찾을 터다.

곧 있으면 토와가 이곳에 온다.

오미 토카와 접촉한다.

그 후 내가 말을 건다.

그런 각본이었다.

사실 나는 아직 카미시로 하쿠노로서 토와와 만난 적이 없었다.

물론 토와는 아까 나와 함께 하교했다고 인식하고 있겠지만, 토와의 기억 속에 있는 나는 사실 전부 허구의 속 빈 강정, 가짜다.

지금부터 시작되는 것만이 진짜였다.

사람이 된 영향인지 심장이 두근거렸다.

이윽고 이로하의 모습이 사라지고 토카만 홀로 경내에 남겨졌다.

열심히 계단을 올라온 소년이 울고 있는 소녀를 발견하고 말을 걸었다. 1년 만에 자세히 본 그는 조금 어른스러워졌고 조금 비뚤어진 것처럼 보였다.

그 손에는 커다란 종이 쇼핑백이 있었다.

내가 부탁한 것으로 되어 있는 이로하의 만화책이었다.

소년은 주름진 손수건을 무뚝뚝한 태도로 소녀에게 건넸다.
두 사람의 그림자가 가까워졌다가 조금 멀어졌다.
슬슬 내가 나설 차례겠지.
응, 슬슬 내 차례다.
나는 의미도 없이 손으로 머리를 빗고 한 번 크게 심호흡했다.
그리고 이야기의 막이 오른다.

이 이야기는 카자마츠리 토와의 열일곱 번째 생일에 시작된다.
만남과, 둘도 없는 기적과.
색칠되는 조각을 가득 쌓으며 계절이 한 바퀴 돌았을 때.
토와의 열여덟 번째 생일에 이 이야기는 끝난다.

성경이라는 것에 의하면 나와는 다른 신이 이레에 걸쳐 이 세상을 만들었다고 한다. 그리고 맞이한 여덟째 날.
신의 손을 떠난 새로운 날에 사람은 어떤 아침을 볼까.
그날, 신에게 바랐던 것은.
어떤 색의 꽃을 피울까.
그건 아직 아무도 모른다.
하지만 세상에서 가장 아름다운 기적이 되면 좋겠다.
"어~이. 토와."
그런 기도를 하며 나는 그의 곁으로 달려갔다.

fin

■작가 후기

투다다다 흙먼지를 일으키며 뛰어와 촤아아아악 슬라이딩을 하며.

"여러분, 오랫동안 기다리시게 해서 정말로 죄송합니다아아아!"

(*한동안 하즈키가 고개를 조아리고 있으니 잠시만 기다려 주세요.)

이런저런 사정이 있어서 지난 권 이후로 상당히 간격을 두고 간행되었습니다.

시리즈 전체를 한꺼번에 구입해주신 분은 처음 뵙겠습니다.

그리고 1년 동안 이 한 권을 기다려 주신 하해와 같은 마음을 가진 여러분, 오랜만입니다.

정말로 감사합니다.

안녕하세요, 하즈키 아야입니다.

마침내 시리즈 제3탄을 선보이게 되었습니다.

이번에는 「여름」과 「여행」과 「부모 자식의 인연」이 테마입니다.

어렸을 적, 여름이 올 때마다 가족 여행을 갔습니다.

놀이공원이라든가 수영장이라든가 관광지라든가.

그래서겠죠.

제게 여름은 여행의 계절이기도 합니다. 오래된 앨범을 펼쳐 보면 부모님께 받은 여러 특별한 여름 시간이 확실하게 찍혀 있습니다.

그 눈부신 시간의 조각이 토와와 루리가 보낸 나날의 원풍경입니다.

그럼 이쯤에서 감사 인사를 드리겠습니다.

플라이 님.

전에 한 번 뵀을 때 직접 말씀드렸지만, 저는 플라이 님이 그리시는 해바라기 일러스트를 정말 좋아합니다.

이 작품의 일러스트를 누구에게 맡길지 아직 정해지지 않았을 때인 것 같은데, 「my first lily ~여름 데이트~」라는 테마로 플라이 님이 「해바라기밭」이라는 일러스트를 그리셔서, 아, 이거 정말 좋다고 생각했던 게 기억납니다. 굿즈 샀고, 지금도 방에 장식되어 있어요.

그 외에 「물드는 세계의 내일로부터」의 BD 점포 구입 특전도 히로인 두 명이 해바라기에 둘러싸여 있는 일러스트 수납 BOX를 골랐고요.

어어, 요컨대 하고 싶은 말이 뭐냐면.

이번에 꼭 플라이 님이 해바라기를 그려 주셨으면 해서, 끝부분의 아주 중요한 장면에 해바라기밭을 넣었습니다.

일러스트, 기대하고 있습니다.

이어서 담당 편집자 후나츠 님. 디자이너님과 교열자님을 비롯한 많은 분들. 여러분 덕분에 어떻게든 여기까지 올 수 있었습니다.

1년 사이에 출판 업계뿐만 아니라 여러 가지로 큰일인 시대가 되어버렸지만, 그래도 이렇게 책을 낼 수 있어서 그저 감사할 따름입니다.

물론 가장 큰 감사는 언제나 읽어 주시는 당신에게.

정말로 감사합니다!

네!

그럼 이번에는 이걸로 끝!

하고 밝게 마무리하고 싶지만, 그 전에 하나만 더.

마지막 순서가 되었는데, 여기서 다시 독자님들께 거듭 사과드려야 할 일이 있습니다.

아마 이건 솔선해서 말할 일이 아닐 테고, 제게 위험 부담이 되기도 하지만, 그래도 1년이라는 긴 시간 동안 신간을 기다려 주신 독자님들에게 아무 말도 하지 않는 건 너무나도 불성실한 일이라는 생각이 들어서요.

이 3권으로 「그날, 신에게 바랐던 것은」은 제1부 완결입니다.

힘이 부족하여 현재 매상으로는 기적의 최후를 여러분에게 보여드릴 수 없다고 합니다.

이야기를 시작하기 전에 마지막 장면까지 완전히 구상해 뒀기에 이러한 형태로 막을 내리게 되어버렸습니다.

죄송합니다.

이렇게 되었으니 조금 스포일러를 하자면, 가을에 쿠로에, 겨울에 아오이, 그리고 다시 돌아온 마지막 봄에 이로하와 하쿠노를 축으로 이야기를 이어갈 예정이었습니다. 미라크티어에 숨겨진 비밀, 최후에 남은 기적, 쓰고 싶었어요.

다만 이 작품은 정말로 재미있다고 제가 자신 있게 선보였던 경위도 있고, 모든 걸 포기하지는 않았습니다. 앞으로 많은 응원을 받는다면 시즌2(속권)를 쓸 기회를 얻을 수 있을지도 모른다고 담당자님도 말씀하셨습니다.

만약 그런 미래가 있다면 토와와 토카의 그 후를 보러 와 주세요. 저도 다시 그들과 만나는 날이 오기를 기대하고 있습니다.

하지만 그때까지 분함과 슬픔에 잠겨서 가만있을 수는 없습니다.

다음 작품은 이미 움직이기 시작했습니다. 다음은, 응. 지금까지 제가 쓴 작품과는 분위기가 전혀 다른 이야기가 될 것 같습니다. 진짜 어떻게 되는 걸까요. 뭐, 어떻게든 되겠죠.

그러니까 작별 인사는 하지 않겠습니다.

우리의 싸움은 지금부터다!

꼭 다시 만나요.

2020년. 여름 하늘의 아득한 파란색으로 손을 뻗으며.
하즈키 아야

그날, 신에게 바랐던 것은 3

초판 1쇄 발행 2022년 7월 10일

지은이_ Aya Hazuki
일러스트_ Fly
옮긴이_ 송재희

발행인_ 신현호
편집장_ 김승신
편집진행_ 권세라 · 최혁수 · 김경민 · 최정민
편집디자인_ 양우연
관리 · 영업_ 김민원

펴낸곳_ (주)디앤씨미디어
등록_ 2002년 4월 25일 제20-260호
주소_ 서울시 구로구 디지털로 26길 111 JnK디지털타워 503호
전화_ 02-333-2513(대표)
팩시밀리_ 02-333-2514
이메일_ lnovellove@naver.com
L노벨 공식 카페_ http://cafe.naver.com/lnovel11

ANOHI,KAMISAMA NI NEGATTAKOTOHA Vol.3 beginning of journey under the bright blue sky

ISBN 979-11-278-6495-8 04830
ISBN 979-11-278-5878-0 (세트)

값 7,800원